Mama, was ist ein Wessi?

Mathias Wedel

MAMA, WAS IST EIN WESSI?

Ein Dreh- und Wendebuch

Eulenspiegel Verlag

Ähnlichkeiten mit Personen, Ereignissen und Stimmungen sind, mögen sie vom Autor beabsichtigt oder ihm unterlaufen sein, unleugbar.

ISBN 3-359-00986-X

Rosa-Luxemburg-Str. 39, 10178 Berlin
Umschlagentwurf: Erich Rauschenbach
Druck und Bindung:
Salzland Druck Staßfurt

Wenn die Neugier nicht wär

VORSPIEL

Mama, was ist ein Wessi?

Wer ist ein Wessi, mein Schatz, *wer*!
Der Wessi ist nämlich ein Lebewesen. Sonst wäre es einfach mit ihm. Man könnte ihn in die Ecke stellen wie einen ausgefransten Besen. Oder in den Boden rammen und gucken, ob die Natur sich seiner erbarmt und er Wurzeln treibt. Man könnte ihn mit »fit« – eines unserer bewährtesten Ostprodukte – auswaschen und durch den Abguss jagen. Man könnte ihn anstelle von Anabolika verfüttern oder wie Pferdeäppel untergraben, damit die Erdbeeren im nächsten Sommer gut stehen.

Könnte man ihn auch verfressen wie einen Müsliriegel?

Das nun gerade nicht, Liebling, denn Esswaren unterliegen strengen Reinheitsbestimmungen. Man darf davon keine nässenden Ekzeme und nicht das Kotzen kriegen.
Der Wessi wäre aber wahrscheinlich sehr nützlich, wenn er ein »was« und kein »wer« wäre. Und er hätte einen ausgezeichneten Ruf in der Welt. Wenn

er in der Kaufhalle angeboten würde, wie beispielsweise die Banane, würden wir sogar Westgeld für ihn hinblättern. Wir könnten nicht genug von ihm kriegen – aber so …

Wer ist ein Wessi, Mama?

Kannst du dich nicht mit netteren Dingen beschäftigen? Die Kindheit, mein Sonnenscheinchen, ist doch die schönste Zeit vor der Rente. Was soll das mit dem Wessi! Als Mutter will ich sorgen, Schmutz und Schund, Ekliges und Böses von dir fernzuhalten. So hat es auch dein lieber Papa immer gehalten, dieser, dieser … bevor er uns verlassen hat.

Ich will es aber wissen, Mama. Wer ist ein Wessi?

Na, dieser Peter Rottach-Egern, das ist doch einer! Der Idiot, der neben dir in der Schule sitzt.
Bei dem Rottach-Egern merkst du's aber auch schon an dem Doppelnamen. Der Westler hat gern Doppelnamen. Vor allem die weiblichen Westler, die es auch zahlreich und in beträchtlicher Artenvielfalt gibt, die so genannten Wessas. Sie heißen gern Inge Wettig-Danielmeier, Gabriele Krone-Schmalz, Herta Däubler-Gmelin, Uta Ranke-Heinemann oder Sabine Leuthäuser-Schnarrenberger. An den Namen erkennt man immer auch ein

bisschen die Berufe. Die Inge Wettig-Danielmeier leitet beispielsweise einen Klöppelkurs für Fortgeschrittene, die Krone-Schmalz hat das Volkshochschul-Modul »Stärkung des Ringmuskels auf dem Gymnastikball« entwickelt und die Herta, die Herta ist der personifizierte Staatsanwalt dieses Landes, ein wandelndes Gelbes Elend. Diese Wessas sind immer sehr eingebunden. Allein ihren Namen zu putzen, frisst eine Menge Zeit. Wenn Sabine mit »erger« fertig ist, setzt »Leuthäu« schon wieder Grünspan an.

Der Doppelname vom Peter Rottach-Egern deutet darauf hin, dass dem Herrn Rottach und der Frau Egern je die Hälfte von dem Peter gehört, wenn die beiden sich einmal scheiden lassen. Westler heiraten nämlich nicht, sondern begründen Gütergemeinschaften. Und wenn sie ein Kind zeugen, wie zum Beispiel den Peter, dann schaffen sie ehegemeinschaftliches Eigentum. Der Westler hat deshalb das raffinierteste Scheidungsrecht der Welt. Darin wird sogar geklärt, wer die Dauerwurst behalten darf und wann er den geschiedenen Partner mal daran riechen lassen muss.

Du brauchst keine Angst zu haben, mein Kind! Natürlich werden sie den Peter nicht durchschneiden bei der Scheidung. So was macht selbst der Wessi nicht. Aber er bleibt zur Hälfte Eigentum von dem Elternteil, bei dem er nicht wohnt. Der kann dann eine Hypothek auf den halben Peter aufnehmen wie auf eine Reihenhaushälfte. Wenn aber z.B. die Frau Egern den Peter doch ganz behalten will, muss sie dafür die Miele-Spülmaschine an Herrn Rottach hingeben oder die Koniferen am Haus werden gegengerechnet.

Der Peter ist also ein Wessi? Ist das nicht furchtbar?

Tja, da muss er durch, und zwar ein Leben lang. Ein Leben lang wird er alles »super« finden ...

... »sssupie!«, sagt er!

Ja, »super!« schreit der Wessi, wenn es Entengrütze hagelt, sich die Sonne verfinstert, der Dax Bocksprünge macht oder sein Opel zum Aquaplaning ansetzt. Wessi sein, das heißt, von der Wiege bis zur Bahre unerschütterlich davon überzeugt sein, dass man einer auserwählten Rasse von Zweibeinern angehört: Es ist die deutsche Wertarbeit – von der Gutenbergbibel übers Zyklon B bis zu Diebels Alt und Deutscher Markenbutter – die ihm ein Erbpachtrecht auf der Schokoladenseite der Welt garantiert.
Ein Leben lang wird der Peter Rottach-Egern glauben, dass es ihn in eine Demokratie verschlagen

hat, dass er bei Wahlen wirklich die Wahl hat, dass der Fleißige reich wird, dass die CDU wie neu aussieht, Hauptsache, sie ist mit Perwoll gewaschen, dass Bundespräsident zu sein eine ernsthafte Beschäftigung ist, dass alle Ausländer neidisch auf ihn sowie auf Claudia Schiffer, Boris Becker und Dieter Bohlen sind und dass »Deutschländerwürstchen« weltweit als Delikatesse gelten. Und dass ihn der Egerländermarsch bis nach China beliebt und sympathisch macht.

Es mag schon sein, dass man auf der Welt nicht noch einmal ein so dämliches Volk wie uns Ossis findet (den einzigen Staat, der sich wirklich um uns gekümmert hat, haben wir für Fruchtzwerge verscherbelt!). Aber so ein feiges Volk wie den Wessi gibt es auch nicht noch einmal! Fünfzig Jahre lang hat er diesen Kapitalismus ertragen, ohne ernstlich aufzumucken, als seine Vorgesetzten Schießbudenfiguren erduldet wie Lübke, Kiesinger, Kohl oder den flotten Bernhard, diesen Vogel – das ist schon keine Leidensfähigkeit mehr, das ist ein Lurchenleben! Und dabei immer zu Scherzen bereit, dass es einen friert, immer die Lefzen gelüpft, dass man sich vom Sanierungszustand des Gebisses überzeugen und die Verlässlichkeit von Kukident-Zwei-Phasen bewundern kann, und immer an der Achsel gerochen, ob das Deo nicht versagt – für

den Fall, dass man überraschend zum Chef ins Büro gerufen wird.
Ich sage dir, es ist verdammt hart, in der ewigen Sonne des Glücks zu verdorren! Allein wie der arme Kerl sich versichern muß! Gegen Taifune und Albaner, gegen verschluckte Jacketkronen, gegen den Börsencrash, gegen undichte Kondome, gegen Kommunisten und gegen eingeklemmte Hoden im Theaterklappsitz vom Bayreuther Festspielhaus: Ein Leben voller Gefahren führt der Wessi. Die Sorge um sein Eigentum lässt ihn vor der Zeit altern, so dass ihm Mundwinkel, Schultern und andere Teile nach unten hängen, und zwingt ihn zu lächerlich anmutenden Sportarten, bei denen man kein Bier trinkt – wie Tennis oder Golf. Wenn er verreist, der Wessi, würde er sich am liebsten sein Kreditkarte in die Bauchfalte einnähen lassen. Das nimmt er alles in Kauf, Hauptsache Eigentum. Noch wenn er sich aufhängt, weil ihn die Banken jagen, sagt er sich: Aber es ist doch ein ganz anderer Tod, wenn man am eigenen Dachbalken hängt. Allein die Vorstellung, man hakt sich den Halswirbel aus und dennnoch läuft die Miete weiter – grauenvoll!
Natürlich willst du jetzt wissen, mein Herz, woran ich auch noch erkannt habe, dass der Peter ein Wessi ist. Nun, das kam so: Als ihr in der dritten

Klasse wart, holte ich dich einmal vom Schwimmunterricht ab (nicht deinetwegen, sondern weil eine Arbeitslose sich eben langweilt). Da kam der Peter ganz aufgeregt auf Frau Rottach, geborene Egern, zugerannt, und ich hörte, wie er ihr zurief: »Mama, Mama, die anderen Kinder können viel schlechter schwimmen!«

»Du bist ja auch ein Wessi«, antwortete seine Mama.

»Die anderen Kinder können viel schlechter schreiben!«

»Ja, doch«, flüsterte die Rottach-Egern, »du bist ja auch ein Wessi.«

Und wieder Peter: »Mama, die haben auch alle viel kleinere Pimmel!«

Darauf seine Mutter: »Du bist ja auch schon fünfzehn!«

Der Wessi fühlt sich eben manchmal sehr überlegen, vergisst aber, wie alt er dabei aussieht.

Das mit den Pimmeln ist interessant, Mama! Du musst mir noch viel, viel mehr über den Wessi erzählen.

Du hast Recht, mein Kind. Wir alle müssen noch viel mehr voneinander wissen, damit wir uns verstehen lernen. Sonst wächst die Mauer in den Köpfen eines Tages noch aus den Fontanellen raus und

wir haben lauter kleine Grenzer-B-Türmchen auf den Nischeln, auf denen winzige kommunistische Scharfschützen lauern und PDS-Broschüren lesen. Leider kann der Wessi nicht selber von sich berichten, denn er ist, wenn er in unserer ehemaligen Deutschen Demokratischen Republik weilt, sehr scheu. Oft verkleidet er sich sogar als Ossi, zieht unsere kackbraunen Trainingsanzüge an und übernimmt unsere Essgewohnheiten. Einerseits aus Angst vor Spott und Schlägen. Andererseits, weil er füchtet, man geht ihn um Geld an oder fragt ihn, ob er in der CDU ist. Nur wenn der Wessi Chef ist, zeigt er, wer er wirklich ist.
Also gut, Kleines, ich werde dir von ihm erzählen. Aber denke bloß nicht, dass es dann auch noch eine Gute-Nacht-Geschichte gibt! Meine Berichte über den Wessi *sind* die Gute-Nacht-Geschichten, ist das klar?
Und noch eine Bedingung: Ich rede nur siebenmal über ihn. Mehr gibt er beim besten Willen nicht her. Und ich will dich auch nicht gruseln, bevor du in deine feuchten Träume fällst. Glaub mir, von Typen wie Konstatin Wecker, Guido Westerwelle, Caroline Reiber oder Dieter Hundt zu träumen – das ist Horror. Davon wirst du schwul oder lesbisch oder beides.

Mama, ich träume manchmal von Rex Gildo. Aber es geht immer gut aus: Wenn der Wecker klingelt, springt er.

Also, abgemacht? Heute Abend nach dem Zähneputzen, wenn du dir die Füße und andere Details gewaschen hast und brav im Heijabettchen liegst, wollen wir beginnen.

Au fein! Du bist die allerbeste Mama des deutschen Ostens! Du kommst bei mir gleich nach Papa, diesem – na, du weißt schon, der uns verlassen hat.

MONTAG
Über die Korruptheit Gottes, den Zauberblick und zwanglosen Kreisverkehr

Liegst du flach, Liebling? Ich komme!

Mama, ist Gott ein Wessi?

Blöde Frage! Natürlich! Wir in unserer lieben, kleinen, aber ehemaligen Deutschen Demokratischen Republik haben das übrigens schon immer irgendwie geahnt. Deshalb war Gott bei uns auch nur ein Werktätiger wie jeder andere, mit Pflicht zur Arbeit und Recht auf Jahresendprämie, und Erich Honecker hat nicht mit ihm verhandelt.
Gott ist nicht nur ein Wessi, sondern er geniert sich auch nicht, es seinen Landsleuten hinten und vorne reinzuschieben. Wahrscheinlich ist der Kerl korrupt und scharf aufs Bundesverdienstkreuz oder geil darauf, zum Bundespresseball eingeladen zu werden, um dort der Doris Schröder-Köpf an die Möpse zu fassen.
Wenn Gott kein Wessi wäre, hätte der Wessi nicht so ein unverschämtes Schwein im Leben gehabt. Der Wessi ist nämlich mit Dr. Oetker Rührkuchen, Thomas Gottschalk Gummibärchen und Meister Proper aufgewachsen, und wenn er von dem Zeug

die Scheißerei bekam, kam Uschi Glas mit Zewa Wisch und weg. Er durfte schon immer Volkswagen fahren, sich unter der Achsel rasieren, Kellner wie Scheiße behandeln – man gönnt sich ja sonst nix! – und auf Mallorca Müll hinterlassen. Ihm ist viel erspart geblieben: FDBG-Urlaub mit Gemeinschaftsdusche, vormilitärische Ausbildung im Kindergarten, Fahnenappelle im Pflegeheim, Rübensirup aus Zörbig, Bücher von Otto Gotsche, Schokoladenersatzstoffe aus Rinderblut, die Kino-Filme »Befreiung« Teil 1 bis 13 und Monika Herz. Keinen Neid, bitteschön! Aber dass der liebe Gott, dieser falsche Fuffzcher, dem Wessi auch noch unsere ehemalige Deutsche Demokratische Republik an den Hals geschmissen hat, das ist der Ungerechtigkeit zuviel!
Weißt du eigentlich, was der Unterschied zwischen dem Russen und dem Wessi ist? Na? Sag mal, schläfst du?! Ich hab dich was gefragt!

Nein, Mama. Ja, Mama.

Der Unterschied zwischen dem Russen und dem Wessi ist: Der Russe ist wieder abgezogen. Ist das nicht lustig, Kind? Also, ich könnt mich beölen! Der Wessi macht nämlich keinerlei Anstalten, wieder abzuziehen. Er hat inzwischen unsere ganze ehemalige Deutsche Demokratische Republik aufgekauft.

Du denkst jetzt vielleicht: Muss der ein Schmott haben! Aber so ist es gar nicht. Der Wessi hat vielmehr den Zauberblick (wahrscheinlich auch ein Geschenk vom lieben Gott): Alles, was er anguckt – unsere Verlage, der VEB Carl Zeiss Jena, die Plattenbausiedlungen, unsere Hotels, unsere Minol-Tankstellen, der KONSUM, die Gutshäuser und Schlösser, in denen Kinderheime waren, Frank Schöbel auf AMIGA-Platten, die Bücher von Erik Neutsch, das Kali in Bischofferode und unsere Menschen – alles schrumpft unter seinem suggestiv-betörenden Blick zu totaler Wertlosigkeit zusammen – wie »mein Magnum«, wenn ich es im BH spazieren trage –, wird auf einmal ganz preiswert, was sag ich: billig – billig, wie Badelatschen im Sommerschlussverkauf. So billig, dass man sich direkt geniert, es ihm zu schenken.

Manchmal hat er für das ganze Zeug symbolisch eine Mark für die Kaffeekasse gegeben. Manchmal aber musste man ihm auch noch versprechen, dass man kostenlos bei ihm arbeitet, keinen Betriebsrat gründet, rotierende Teile mit der Zunge reinigt, PDS-Wähler an den Betriebsschutz verrät und sich sterilisieren lässt, damit er eine Fabrik genommen hat.

Alles, was du beim Blick aus deinem Kinderzimmerfensterchen siehst, gehört ihm – die Häuser,

die Straßen, die Felder, die Wälder, die Seen. Das Kraftwerk, das den Strom herstellt, damit dein Nachttischlämpchen brennt und mein Vibrator vibriert, der Strauch, an dem der Hund das Bein hebt – alles.
Oder denkst du etwa, das Häuschen, das Onkel Matthias und Tante Dorothea sich gebaut haben gehört den zwei beiden? Das gehört der Bank, und die Bank gehört dem Wessi.
Na gut, wirst du, mein Schlaumeierchen, jetzt bestimmt sagen: Uns hat früher nischt gehört und jetzt gehört uns wieder nischt. Ist doch gut, wenn der Wessi alles hat, zieht er vielleicht bald wieder ab, nimmt seine ganzkörperondulierte Frau Egern und seinen langpimmeligen Peter Rottach-Egern mit und lässt uns ruhig in seinem Eigentum Miete zahlen, in seinen Fabriken schuften, seine Staubsauber und Luftbrötchen verkaufen oder mit seinem Almosen gar nichts tun – und zum Schluss gebührenpflichtig in sein Gras beißen. Aber nein, mein Liebling, so ist der Wessi nicht veranlagt. Er will es genießen! Es ist so ein herrliches Gefühl, wenn man jemandem sagen kann, wo's lang geht, an die Ostfront oder nach Europa ... Oder warum wünschst du dir schon so lange einen süßen, kleinen Hund?

Damit ich den Köter ab und zu mal kräftig in den Arsch treten kann, Mama.

Na siehst du, Mausilein, so was braucht der gesunde Mensch! Der Wessi macht das aber viel netter. Er zeigt uns die Welt neu, so dass wir uns täglich die Äuglein blitzeblank reiben müssen. Zum Beispiel hat er uns erklärt, dass eine Wahlurne keine »Kasse des Vertrauens« ist und keine Marlboro light rauskommt, wenn man fünf Mark reinsteckt. Er hat uns verboten, eine Dose Fisch in Tomatentunke mit den Zähnen zu öffnen. Den Männern hat er vorgemacht, dass man zum Nadelstreifen keine braunen Sandalen und keine schwarzen Fingernägel trägt, uns Frauen, dass man das Haupthaar weder mit »fit« noch mit Kernseife wäscht und dass man es beim Kreisverkehr nicht mit jedem treiben muss, sondern einfach blinken soll, wenn man wieder raus will.

Und uns Kindern hat er gezeigt, wie man auf dem Schulhof mit einer fest stehenden Klinge hantiert.

Na siehst du! Er hat uns aber vor allem klar gemacht, was gut und was böse ist in dieser bipolaren Welt. Ach, was waren wir vorher dumm! Wir hatten doch tatsächlich geglaubt, die Amis waren böse, als sie Napalm auf Fidschikinder schütteten

– früher sagten wir »Vietnamesen«, aber diesen Ausdruck kennst du nicht mehr, mein Liebling. Augusto Pinochet in Chile war uns irgendwie nicht geheuer, als er Landsleute in einem Stadion erschlagen ließ. Heute wissen wir, es war nur eine Schrulle von ihm. Wir dachten, auf Benno Ohnesorg und Rudi Dutschke in Westberlin zu ballern, sei keine Menschenfreundlichkeit gewesen. Und den alten Nazis die Richterämter und die Staatssekretärsposten im Westen zu überlassen, kein guter Einfall. Aber da sieht man mal, wie man sich täuschen kann! Inzwischen wissen wir, wer alles ein Schwein war, ohne dass wir es gemerkt haben: Marx, Lenin, Thälmann, Ho Chi Minh, Castro, Che Guevarra, Pieck, Mitschurin, der angeblich die Marmelade erfunden hat, und der hübsche Gagarin, der angebliche erste Kosmonaut, den sie in Wirklichkeit nur in einem Riesenrad herumgewirbelt haben – und die anderen, von denen wir es schon ein bisschen ahnten, sowieso.
Der Wessi will nämlich nicht nur gesiegt haben, er will auch gut sein. Er will der beste Wessi sein, den er sich denken kann, ein wohlriechender, C&A-gewandeter, FAZ-lesender, ADAC-gesicherter Demokratiebolzen! Deshalb muss er überall, wo er was zu sagen kriegt, die Menschen in gute und in böse einteilen, in Täter und in Opfer. Ihm ist natür-

lich klar, dass wir alle bei der Stasi waren – er kann es uns nur nicht allen beweisen. Macht nichts – Täter waren wir jedenfalls alle (abgesehen natürlich von Wolfgang Thierse, Gunther Emmerlich, Joachim Gauck und Dagmar Frederic nebst Tochter Maxie). Es gibt nämlich, mein Kind, einen Straftatbestand durch »Unterlassung«: Wir haben es unterlassen, uns alle acht Stunden in unsere Schlaglöcher und unsere chemieverseuchten Felder zu werfen und gen Himmel zur rufen: »Adenauer, rette uns!« oder »Willy, sei uns gnädig!« oder »Helmut, komm hernieder!« Im Gegenteil! An manchen Tagen haben wir sogar gelacht (selten!) und schön schmutzigen Sex gehabt. Eine Tatsache, für die sich auch eine Frau Frederic später vor dem Wessi von der Super-illu rechtfertigen musste.

War ich denn auch Täter, Mama?

Nein, mein Süßes, du nicht! Du warst sogar ein potentieller Widerstandskämpfer, ein kleiner Arnold Vaatz, eine embryonale Bärbel Bohley. Immer wenn Erich Honecker im Fernsehen kam, hast du dich bis zum Lätzchen eingeschissen. Und immer wenn dein Papa, dieser ... na, du weißt schon, am Küchentisch seine Dienstpistole geölt hat, hast du ihm Vita Cola reingekippt oder Nudossi-Brotaufstrich draufgeschmiert. Mit dieser Helden-Biografie könntest du glatt SPD-Mitglied werden. Zumindest darfst du, wenn euer Klassen-Kollektiv einmal einen Wandertag zum Reichstag macht, den Thierse am Barte zupfen und ihn »Ossibär« nennen.

Verstehst du nun, mein Kleines, warum der Wessi nicht einfach wieder abziehen kann? Kaum würde er den Rücken kehren, würden wir doch die Bismarck-Straße wieder in Lenin-Straße umbenennen und den Bismarck-Hering wieder in Lenin-Hering und die Arnold-Schwarzenegger-Schule wieder in Herman-Axen-POS, und statt mit »Hallo« würden wir uns wieder mit »Rot Front!« begrüßen. Im Kino würden wir statt eines Zentners Popcorn wieder unsere Popel fressen und mit Slipeinlagen unsere Trabis wienern.

Wenn er wieder abzöge, brächen im Westen (da kannst du mal hören, Herzblatt, wie ein sauberer Konjunktiv klingt!) ganze Industrien zusammen. Oder glaubst du, den Opel Astra will außer den Ossis jemand haben? Und wenn der Ossi nicht »Hakle feucht« zum Brilleputzen nehmen würde, müsste der Schröder bald den Hakle-Konzern mit Bundesanleihen retten, unter dem Motto: »Hakle feucht geht uns nicht am Arsch vorbei!«

Die vielen Redakteure würden arbeitslos, die sie in

Crimmitschau und Hildburghausen zu Chefs der Lokalredaktionen gemacht haben, obwohl sie nicht einmal den einheimischen Dialekt verstehen. Oder die vielen Professoren!

Der Wessi hat ja alle Professorenstellen an unseren Universitäten besetzt, damit nicht plötzlich einer eine Vorlesung hält, der Gut und Böse durcheinander bringt. Zum Beispiel im Chemiestudium – da kann das ja zu Explosionen führen. Und alle Fernsehintedanten müssen auch Wessi sein. Sonst wird womöglich Guido Knopp, der Historienschlächter, ins Vorabendprogramm verbannt oder kriegt nur fünf Minuten beim Abendgruß des Sandmännchens. Und alle Richter müssen auch Wessis sein: Kann man denn einem Knallerbsenstrauch zumuten, von einem Ost-Richter dazu verurteilt zu werden, nicht durch den Moschendroohtzauun auf Nachbars Grundstück zu ragen? Womöglich hat er – der Ostrichter, nicht der Maschendrahtzaun – früher Todesurteile gefällt, gegen Knallerbsensträucher vielleicht sogar! Und der Direktor des Katasteramtes muss auch ein Wessi sein. Denn wer im Grundbuch steht – das ist ja die Machtfrage. Das hat der Wessi von Lenin gelernt.

Warum nun aber der Direktor vom Standesamt auch ein Wessi sein muss? Das ist nicht so leicht

zu erklären. Das ist dann bestimmt einer, der schon im Westen gerne irgendwas geworden wäre – Beigeordneter für die Stand-Vermietung auf dem Wochenmarkt, Abteilungsleiter für Schneeberäumung und Abstandsgrün – nie hat es geklappt in Schwäbisch Gmünd oder Buxtehude.
Aber im Osten klappt's. Da konnten Wessis Professoren werden, die nicht wissen, wie das geschrieben wird. In Halle soll ein junger Kollege aus dem Westen Chef der Gynäkologie geworden sein. Vor seiner ersten Sprechstunde fragte er die Schwester: Schwester, verstehen Sie mich bitte nicht falsch – meine Neugier ist rein beruflich: Zeigen Sie mir mal, wo's reingeht?
Natürlich müssen auch alle Gefängnisdirektoren Wessis sein, weil Ostler sich ja gegenseitig immer wieder rauslassen oder Seilschaften bilden, die sie aus Bettlaken zusammenknoten.
Auch Ministerpräsident kann man im Osten werden, wenn man im Westen als Ministerpräsident versagt hat. Und ein Ministerpräsident, der im Westen geflogen ist, und zwar nie auf eigene Kosten, darf im Osten die Industrie retten. Natürlich erst, nachdem er sie abgewickelt hat, denn vorher ginge es ja nicht.
Schläfst du schon, Liebling?

Nein, Mama. Aber es ist sehr langweilig. Kriegt man die denn gar nicht mehr los?

Eine kleine Hoffnung gibt es, den Grünen Pfeil. Das ist für Leute, die nie gelernt haben, die Kurve zu kriegen, schwierig: Die Ampel sagt »Halt!«, und der Pfeil sagt »Kannst meinetwegen fahren«. Das überfordert die. Da fährt sich der Wessi gerne tot. Doch mach dir keine falschen Hoffnungen – das dauert lange, eh das zahlenmäßig ins Gewicht fällt.

Aber sei frohen Mutes, mein Süßes! An den Wochenenden sind wir wieder ganz unter uns. Wie heißt es so schön: »Donnerstags um zehn nach zwei ist die Zone wessifrei.« Da sitzen die im Flugzeug nach Köln und Stuttgart und werden vor Dienstag Mittag nicht mehr gesehn. Zu Hause, im deutschen Kernland, verprassen sie dann ihre Buschzulage. Die sind in der Woche so schnell wieder weg aus dem Osten, dass einige Minister, die in Berlin arbeiten, jetzt für ihr Wessi-Personal die Stechuhr wieder einführen müssen. Im Osten hält es die nur, wenn man ihnen mit Gehaltsabzug droht.

Von ein paar Ausnahmen abgesehen, die sich hier assimilieren. Das sind die Gerissensten. Von denen später.

Nun aber Gute Nacht, Schatz. Und Hände auf die Bettdecke!

Gute Nacht! Und, Mama: Danke, dass es dich gibt!

DIENSTAG
Über Assimilierte, Spätgebärende und multikulturelle Buletten

Liegst du flach, Liebling? Ich komme.

Mama, der Peter, weißt du …

Ach, man nennt den Wessi bereits bei seinem Vornamen! Das ist ja allerliebst! Dafür hat sich dein Papa, dieser – na, du weißt schon, nicht ein halbes Männerleben lang an der unsichtbaren Front mit seinem Dederonbeutel und Knirps in der Hand die Beine in den Bauch gestanden, dass sein eigen Fleisch und Blut jetzt den Wessi …

Aber Mama, ich wusste doch vorher nicht, dass der Rottach-Egern ein Wessi ist. Er hat sich ganz perfide getarnt.

Ja, Liebling, oft versucht sich der Wessi unscheinbar in unserem ostdeutschen Zivilisations-, Kultur- und Frauenruhe-Raum zu verkrümeln. Er trägt karierte Flanellhemden und Bundjacke, wie dein Papa, dieser – na, du weißt schon. Er arbeitet hart an seinem Dialekt. Er möchte nämlich nicht, dass es auffällt, dass er hier die Diktatur ausübt. Aber du brauchst ihn nur zu fragen, was er denn arbeitet: Da ist er Filialleiter bei der Sparkasse, Landrat, Finanzverwalter bei der Handelskammer oder SPD-Fraktionsvorsitzender von Brieselang. Da weißt du schon Bescheid. Der Wessi im Osten ist nie arbeitslos. Denn das wäre ja dämlich von ihm – erst den Kommunismus besiegen und dann im Postkommunismus von Alu leben müssen!

Übrigens: Selbst wenn er arbeitslos wäre – er sieht das anders. Ein Angehöriger eines edlen Volkes, wie seins, kommt nie runter, immer nur hoch. Wenn er in einen Hundehaufen tritt, ruft er aus: Diese originäre Erfahrung macht mein Leben wieder reicher! Wenn der arbeitslose Wessi gefragt wird, was er gerade treibt, dann befindet er sich »in einer spannenden Phase der Neuorientierung«, dann verwirklicht er sich »mental gerade selber« (also er wallfahrt zum Dalai Lama; oder er liegt auf dem Sofa, krault sich den Sack und liest DIE ZEIT). Oder er ist mit wundgelaufenen Füßen »auf dem argen Pfad zu meinem vorgeburtlichen Ich« – um schließlich zu erkennen, dass er als Silbertanne vor Goethes Gartenhaus, als Fußpilz von Martin Luther oder als Windspiel des Bayernkönigs Ludwig schon einmal auf der westlichen Welt war.

Auf diese Weise knickt ihm praktisch nie die Karriere. Auch die Zeit als Sozialhilfe-Empfänger war immer »verdammt spannend, du, weil man« – so ähnlich wie beim Frequentieren einer Bahnhofs-Toilette – »anders raus kommt, als man rein gegangen ist«. Auf die Frage »na, Alter, wie gehts?« kann man beim Wessi nicht mit so klaren Antworten rechnen wie: Nischt zu saufen! oder: Es ging schon besser! Er spricht: »Ich bin zur Zeit ganz bei mir« oder – wofür ihm auf der Stelle der Blitz ins Hirn fahren sollte: »Ich spüre, dass ich lebe.«

Wenn der Wessi im Knast saß, dann sagt sein Lebenslauf. »1993-96 Phase der Zurückgezogenheit im Kreise Gleichgesinnnter« und die Entziehungskur ist eine »Fortbildung in gesunder Lebensführung (Trockenkurs)«.

Fast immer steht ihm ein Karrieresprung bevor, wenn er aus dem Knast kommt. Baulöwe Schneider, der rund um den Leipziger Markt fast alles aufgekauft hat, die Banken um Peanuts prellte und dafür einsitzt, führte sich nicht nur ausgezeichnet – für den Fall seiner Entlassung reißt man sich jetzt schon um ihn. Er soll Ehrenbürger von Leipzig werden und in einem eigens für ihn ausgestatteten Bus den Touristen erklären, wo und wieviel er in Leipzig Gutes getan hat. Aus dem Busfenster heraus könnte er ab und an auf einen ungewaschenen Trinker weisen und rufen: »Das war mal

der Herr Glasermeister soundso, bevor er mit mir Geschäftsbeziehungen aufgenommen hat!«
Genausogut könnte er aber auch Parteispendenberater der CDU werden.
Manchmal ist allerdings selbst der Wessi nur kleiner Finanzbeamter, Feuerwehrmann oder Adlon-Kellner. Also eigentlich jemand, der überall in der Welt in den Hintern getreten wird. Der Wessi wird aber immer für zwei-, dreihundert Mark mehr in den Hintern getreten als der kleine Finanzbeamte, Feuerwehrmann oder Adlon-Kellner, der ein Ostler ist.

Der Wessi kriegt mehr Kohle, Mama? Aber ist denn das gerecht?

Natürlich! Das ist die Siegprämie. Schließlich hat der Wessi 40 Jahre lang zur Freiheitlich Demokratischen Grundordnung (FDGO) gehalten und an jedem 17. Juni für die Deutsche Einheit einen Rosenstock gebetet!
Und denk mal an die vielen Päckchen, die er in die Zone geschickt hat, das viele Mehl, der viele Zucker, das Haarshampoo, das so billig war, dass er es nicht im, sondern unterm Supermarktregal gefunden haben muss.
Und dann die gebrauchten Pullover von Onkel Hans mit den unverwüstlichen Ketchupflecken –

aber Ketchup aus dem Westen! Der Wessi hat uns doch praktisch am Leben erhalten all die vielen Jahre. Heute wissen wir, warum: Er wollte uns lebendig.
Während er für das Ostpäckchen bei ALDI seine Börse ausräumte, haben wir es uns vom Honecker hinten und vorne reinstecken lassen – Traumschiffreisen mit der Völkerfreundschaft, Kantinenessen für 50 Pfennig, Straßenbahn für 20, Kinderferienlager für 1.50 am Tag usw. Diese Fettlebe musste ein Ende haben.
Als Sieger über den letzten blutigen Diktator Hans Modrow verhält sich der Wessi aber weiß Gott noch sehr bescheiden. Eigentlich könnte er, wenn er wöllte, Ossi-Skalps auf seinen Gartenzaun spießen, und es stünde ihm das Recht der ersten Nacht zu ...

Was fürn Ding?

Na, Ossi-Jungfrauen knacken – aber du bist ja keine Jungfrau, Schätzchen, also mach dir keine Sorgen. Außerdem stünde es ihm zu, die Schulbücher umzuschreiben, die alten Lehrer zu feuern, ganze Stadtteile und Dörfer auszuradieren, Laubenpieper aus den Lauben zu vertreiben, damit sie nicht mehr piepen können, Kommunisten, die im KZ gesessen haben, ihre Antifa-Rente wegzunehmen und, wenn er eine Putze einstellt, sie so lange zu verhören, bis sie weint und gesteht, dass sie im DFD gewesen ist.

Aber das macht er doch, der Wessi, Mama.

Na, sag ich doch – es steht ihm zu!
Seine Frauen, die Wessas, pflegen in der Zwischenzeit den Vorgarten, den Hund und fahren im Zweitwagen die Kinder zum Tennis, Reiten und zum Kurs für Jungmanager. Wessas erkennst du, mein Kind, daran, dass ihre Gesichter – namentlich im Schnee – gelbbraun aufleuchten, als würden sie sie täglich in Eigenurin baden. Sie nennen das »sportliche Bräune«, die sie sich im Solarium holen. Die Folge dieser Bestrahlung ist, dass ihre Tränensäcke derart Falten schlagen, dass man mühelos Büroklammern oder Bleistifte darin transportieren könnte.
Wessas sind entweder fidel wie Margot und Maria Hellwig, dumm wie Claudia Schiffer (du kennst doch den Ausdruck »Schifferscheiße«), ledrig wie Beate Uhse, gehandicapt wie Rita Süßmuth, fehlbesetzt wie Veronika Ferres, kunstbesessen wie Leni Riefenstahl, aus Plaste (richtig heißt es angeblich »Plastik«) wie Verona Feldbusch, aus Schwaben, wie Herta Däubler-Gmelin, oder ganz was anderes, wie Alice Schwarzer. Sie halten den Welt-

rekord im Spätgebären. Wenn eine mit 40 schwanger wird, hat sie Anspruch auf einen Platz im Heim für gefallene Mädchen. Meistens aber gebären sie noch später, um ihren Kindern eine gute Oma sein zu können. Sie lassen sich nicht vom Krankenwagen, sondern vom Seniorentaxi in die Frauenklinik fahren. Es gibt Kinder im Westen, die ihre Mütter nur mit dritten Zähnen kennen – oder eben ohne, nämlich wenn sie zu Bett gehen. Viele der Kinder leiden unter Übergewicht, weil sie nie Treppen steigen, sondern immer den Lifta-Treppen-Fahrstuhl ihrer Mutter mitbenutzen.
Wenn sie ihr erstes Kind kriegen, haben es die Wessas schon zur Chefsekretärin, zur Avon-Gebietsvertreterin oder zum Reihenhaus gebracht. Nun kannst du dir vorstellen, was da rauskommt! Die typischen künftigen Stammwähler! Die Wissenschaft von der Etymologie des Wessis hat nämlich festgestellt: Je älter die Mama, desto ausgewachsener das so genannte »Treue-Gen«. Die wählen Teufel, Koch oder Rühe, weil schon die Mama Adenauer gewählt hat. Darüber können wir Ossis nur lachen: Wir überlegen bei jeder Wahl neu, wen wir in den Hintern treten können.
Wessas kriegen nicht einfach ein Kind. Sie rackern sich Wochen vorher auf dem Gebärball ab, als seien sie nicht trächtig, sondern rollig, hüpfen

juchzend über Kunstrasen, wobei sie sich an den Händchen fassen, binden sich die Brustwarzen bis zu den Ohrläppchen hoch, damit die Milch nicht verschüttet wird, und fressen Spurenelemente löffelweise. Wenn es dann in den Kreißsaal geht, sind sie völlig fertig und schnappen nach Luft wie eine schwangere Auster.

Beim Kinderkriegen haben die Wessis, also die männlichen Exemplare, zugegen zu sein, zu weinen und zu schreien: »Halt durch, Liebling, ich kaufe dir die Uhr von Cartier!« oder »Es lebe die freiheitlich demokratische Grundordnung!« oder »Ich mache es nie wieder!« Meistens halten sie dieses Versprechen auch: Sie schaffen es durchschnittlich auf 1,3 Kinder, wobei der Dezimalbruch hinterm Komma später meist Beamter wird. Bei den Wessas ist jetzt die Unterwassergeburt sehr in Mode. Da lernen die Babys von Anfang an, das Köpfchen immer über Wasser zu halten, und haben damit bessere Chancen, später einmal selbst aus Obdachlosenheimen, Drogenentziehungsstationen oder der Bundeswehr heil wieder rauszukommen. Der Nachteil bei dieser Methode ist, dass die Väter, die der Entbindung zuschauen, oft ertrinken.

Gern kandidieren Wessas, sofern sie im Osten wohnen, für die FDP im Landkreis. Sie sind auch

leidenschaftlich ehrenamtlich – im Westen ist der halbe Westen ehrenamtlich. Sie stehen Kulturvereinen oder einem Singkreis vor und kämpfen darum, dass Ikebana, Makramee und Batik auch in Schwedt an der Oder heimisch werden. Sie backen für die Bautzen-Häftlinge Hefekuchen, natürlich nur für die Überlebenden, oder sammeln für die Wiederaufhängung von Kirchenglocken. Wenn sie Tierarztgattinen sind, lassen sie sich bei Kaiser's an der Wursttheke mit »Frau Doktor« anreden. Alles ganz wie bei sich zu Hause.
Auf uns, die Eingeborenen, lassen die assimilierten Wessis nichts kommen. Sie beteuern ungefragt, dass sie »auch hier anständige Leute kennen gelernt« hätten. Und besonders bewundern sie unsere Anpassungsfähigkeit – das heißt, unser Talent, in jedem System zu tun, was befohlen wird und die Klappe zu halten: »Im Westen«, rufen die assimilierten Wessis aus und versprühen vor lauter Begeisterung Tröpfchen aus ihrem Odol-gepflegten Rachenraum, »im Westen hätten das die Leute nicht alles ertragen, was ihr hier ertragen habt!« Ein bisschen klingt das wie: Solche Schafe gibt es nicht noch einmal.
Besonders gerührt sind sie, wenn sie hören, dass sich Ostler für den Baufortschritt auf den Großbaustellen der sozialen Marktwirtschaft totge-

stürzt haben. Als beim Umbau des Leipziger Bahnhofs zu einer Ramschladen-Kette drei Bauarbeiter selbstlos vom Gerüst gesprungen waren, kam der Kanzler Kohl extra, um ihnen nachträglich zu gratulieren. Echte Leistungen erkennen Wessis immer an: Existenzgründer, die mit ihren Familien in ihren Impissbuden wohnen, stehen bei ihnen hoch im Kurs. Und der Mann aus dem Vogtland, der 12 Stunden auf der rechten Hand stehen und sich mit der linken Kräutertee zum Munde führen und die Brust kraulen kann, ging durch alle ihre Zeitungen.

Der Wessi schwört auf einen Seitensprung mit einer Ossa. Seine Homöopathischen Ratgebermagazine empfehlen das ebenso wie Sitzbäder in Holundermus gegen Jucken im Intimbereich oder Ganzkörpereinreibungen mit Eselsschweiß gegen Schuppenflechte. Davon abgesehen macht er es auch gerne, einfach weil wir Ostweiber nach der langen Zeit der Diktatur die festeren Hintern haben, mein Kind, und die Zeiten ja nun vorbei sind, wo uns der Wessi vorher parfümieren musste. Und die Wessa, die im Osten wohnt, blüht auf, wenn der Handwerker kommt, am liebsten der Klempner, denn der hat so geschickte Hände. Mit dem muss sich die Wessa weder über die Bedrohung des amerikanischen Riesenmammutbaums noch darüber unterhalten, wie der Dax steht. Der tut einfach seine Pflicht, und wenn eine Muffe ausgeflanscht ist oder ein Flansch ausgemufft, wird das Zeug nicht gleich weggeschmissen, sondern er schneidet ein neues Gewinde rein.

Vögelt der Wessi besser, Mama?

Also, so miserabel wie dein Papa, dieser – na, du weißt schon, vögelt keiner. Das erstmal vorneweg, mein Herzchen. Aber mit dem Wessi ist es auch kein reines Vergnügen. Wenn du ihm seinen beinahe knöchellangen Kaschmirmantel wegnimmst und die Krawattennadel und die Schuhe mit dem Preis in Höhe des Soziahilfesatzes, sieht er verdammt wie ein Ossi aus, der um eine Umschulung bettelt – und das weiß er auch. Er arbeitet an der Frau sehr konzentriert hintereinander weg, weil er immer denkt: Wenn ich versage, fliege ich sofort raus. Der soziale Druck – das ist ihm in Fleisch und Blut übergegangen.
Natürlich kann auch der Wessi hinterher nicht den Rand halten. Die Schlimmsten sind die, die auf sozial gemeinnützig machen und fragen: »Hab ich dir auch nicht weh getan?« So einem habe ich mal geantwortet: »Naja, unter der Stasi haben wir noch mehr gelitten.«
Wenn du es mit einem Besserverdienenden zu tun

hast, kanns dir passieren, dass er vorher sein Handy auf den Nachttisch legt und guckt, ob das Netz steht. Irgendwie ist er dann immer enttäuscht, wenn mittendrin keiner anruft und er nicht ins Telefon brüllen darf: »Jetzt nicht!« Manchmal steht auch nur das Netz. Dann geht er mit den Worten: »Also, eins musst du doch sagen – in der Telekommunikation haben wir euch innerhalb von zehn Jahren an die Weltspitze gebracht.«
Beim Sex darf man dem Wessi nie an die Haare gehen. Für den Friseur gibt er viel Geld aus, und er nennt ihn Coiffeur. Wenn du seine Frisur berührst, legt das unweigerlich kahle Stellen frei, und das wiederum kann dazu führen, dass er ohne Übergang von seiner Altersvorsorge zu sprechen beginnt. Einen Friseur würde der Wessi sofort zum Bundeskanzler wählen. An seinem derzeitigen Kanzler interessiert den Wessi vor allem, ob die Haare gefärbt sind.
Aber das Schöne am Wessi ist, dass er dich immer, bevor es ins Bett geht, ins Restaurant einlädt, wo er nie »Nummer 7« sagt, sondern jede Bulette bei ihrem multikulturellen Namen rufen kann. Denn er hat nichts gegen Ausländer. Im Lokal kannst du mit dem Wessi praktisch über alles reden – Hauptsache, es geht irgendwie um Geld. Aufpassen muss man nur, wenn er das Thema Steuergerechtigkeit

anschneidet – da vergisst er, dass er eigentlich heute Abend noch bumsen wollte.
In den ersten Jahren der Vereinigungen hat mich der Wessi danach immer so komisch angeguckt und ist dann kopfschüttelnd durch die Tür gegangen. Dann hatte ich es begriffen: Der hat gewartet, dass ich Danke sage. Der Wessi denkt stets, dass wir im Osten ein unverdientes Glück genießen, wenn er bei uns in Stellung geht. Am liebsten hätte er es, wenn sich alle 16 Millionen Ossis einmal im Jahr, sagen wir am Buß- und Bettag oder zu Führers Geburtstag, punkt 12 Uhr von ihren Bänken auf den Arbeitsamtsfluren erheben, in ihren 520-Mark Jobs gerührt innehalten oder vor dem Schreibtisch ihres Westchefs niederknien und ein kollektives »Danke!« gen Westen schmettern. Das täte ihm gut, und die Äuglein würden ihm feucht. Aber irgendwie können wir nicht richtig Danke sagen – dafür, dass er uns vom Joch der Arbeit weitgehend befreit hat, für die riesigen Kläranlagen, die er uns gebaut hat, für die herrlichen Bürohochhäuser in unseren Städten, für die wunderbaren Arzneimittel, die wir jetzt kaufen dürfen, für die BILD-Zeitung und für die Fünf-Minuten-Terrine. Wir kriegens einfach nicht über unsre spröden Lippen.
Es ist auch unnötig. Ich hab es ein, zwei Mal simu-

liert – aber er leistet daraufhin auch nicht signifikant mehr. Also, was solls ...
So, mein Liebling, nun aber genug für heute! Gute Nacht, Schatz. Und Hände auf die Bettdecke!

Gute Nacht! Und, Mama: Danke, dass es dich gibt!

MITTWOCH
Über Grüße an den Führungsoffizier, nackte Tatsachen und mentale Desaster

Liegst du flach, Liebling? Ich komme!

Mama, wo finden wir die reichsten Wessi-Vorkommen?

Schwer zu sagen, mein Sahneschnütchen. Man begegnet dem Wessi praktisch überall, denn er ist außerordentlich klimaresistent. Wenn du ihn jemals zu Hause besuchen solltest, wirst du merken, wie unerbittlich er sich trainiert: Er heizt nie über achtzehn Grad! Schon gar nicht das Büro, wo dynamische und flexible Mitarbeiter im Nebenjob Wärme an die Raumluft abgeben sollen.
Er reist gern, besonders in Länder, die er einmal richtig oder einmal beinahe beherrscht hat. Es verschafft ihm Genugtuung, sich davon zu überzeugen, dass aus diesen Völkern ohne deutsches Protektorat nichts Gescheites geworden ist. Die Griechen haben beispielsweise nicht mal die Akropolis wieder aufgebaut, dabei wäre das so eine ideale Deutsche-Bank-Filialie; ein paar T-Träger rein und Panorama-Scheiben davor – fertig!
Wenn der Wessi in Norwegen zur Elchjagd weilt

oder am Äquator zum Krokodilereiten oder sich in Taiwan um minderjährige Mädchen kümmert (dem Anliegen von UNICEF verpflichtet), stellt er sich immer vor, wie viele schöne verkehrsberuhigte Einkaufszonen nach dem Muster von Bielefeld man da hätte hinstellen können. Sehr gern besucht er neuerdings Städte, die im Kommunismus total verfallen sind. Bevor es überall so aussieht wie in der Kölner oder Düsseldorfer Fußgängerzone, will er sich noch mal gruseln.

Er ist überall der Beste, der Lauteste und der Betrunkenste. Für einen Kameradschaftsabend, wo er mitsingen und schunkeln kann, reist er bis auf die Osterinseln und ans Kap der Guten Hoffnung. Wenn sie dort »Herzilein, du sollst nicht traurig sein« oder »Schwarzbraun ist die Haselnuß« oder »Abschied ist ein scharfes Schwert« spielen, ist die Welt für ihn rund. Eine Insel, die ihm gefällt, kauft er innerhalb eines Jahrzehnts vollständig auf, in dem er zunächst die D-Mark als Hauptwährung einführt, die Kommunalbeamten korrumpiert und die Einheimischen zwingt, deutsches Bier auszuschenken. So hat es ja bei uns im Osten auch angefangen.

Nur Österreich tastet der Wessi nicht an, obwohl er dort am allerliebsten aufhältig ist. Vor dem Österreicher, der ihn huldvoll »Piefke« nennt, hat er Respekt. Der Österreicher ist der bessere Wessi, ihm an Heimtücke, Volkstümlichkeit, Ordnungssinn und Sentimentalität noch überlegen – es ist kein Zufall, dass der Führer Österreicher war. Und er hat die röteren Pelargonien auf den Veranden.

Des Wessis Lieblingsbeschäftigung auf Reisen ist es, sich mit Hoteldirektoren fotografieren zu lassen und ansonsten alles zu notieren, was sich zu Hause als Regressforderung gegenüber dem Reiseveranstalter geltend machen lässt. Der gutsituierte Wessi bleibt im Urlaub also das, was er sonst auch ist: geschäftlich aktiv und nutzt seine Gattin als mithelfende Ehefrau.

Das Schlimmste, was man einem Wessi antun kann: dass er das Hotel mit einem Ossi teilen muss. (Das Hotel, nicht das Zimmer! Es soll ja kein Blut fließen.) Dem Ostler gesteht der Westler inzwischen zwar Westgeld, die Banane und – wenn auch ungern – die Beteiligung an freien Wahlen zu. Aber zur Eroberung fremder Gebiete hält nur er sich für legitimiert – wer hat denn den Krieg verloren? Außerdem: Vierzig Jahre nicht gearbeitet und jetzt einen Liegestuhl am Pool reservieren wollen? Einfach sein Malimo-Handtuch drauflegen – das sind doch FDGB-Methoden! Er verliert jede Kinderstube, weigert sich mit »Stasibonzen« einen Aus-

flug nach Pompeji zu machen oder busgemeinschaftlich am Autobahnkreuz Nürnberg zu urinieren. Spätestens am zweiten Abend fragt er beim Ostler an, wieso er eigentlich dazu komme, im Ausland seinen, des Wessis Solibeitrag zu verprassen! Beim Abschied sagt der Westler zum Ostler Nettigkeiten, wie »Grüßen Sie ihren Führungsoffizier« oder »Bleiben Sie weiter so faul!« oder einfach nur »Auf Wiedersehn wollen wir uns lieber nicht sagen«. Große Reisebüros bieten jetzt nicht nur Nichtraucherhotels, sondern auch ossifreie Herbergen und Strandabschnitte an.
Ein eigener, abgezäunter Strand ist dem Wessi besonders wichtig. Vor allem, wenn er zu uns an die Ostsee kommt. Er kann nämlich nackte Ossis nicht ertragen. Wenn wir unser Fleisch an seinem Strandkorb vorüberwälzen, glaubt er, das sei eine Demo, um ihm noch mehr Transferleistungen abzupressen, am besten gleich in Form von erlesenen Humana-Klamotten. Natürlich guckt er sich auch mal gern nackte Frauen an, aber nicht solche, die die Spuren von 40 Jahren Diktatur (Peitschenstriemen) und Fehlernährung mit Tempo-Linsen und KuKo-Reis hinter sich haben. Denn merke dir, mein Kind: Was ästhetisch ist, bestimmt der Wessi. Der Wessi selbst wird wohl erst dann auch einmal nackt an deutschen Stränden präsent sein,

wenn ihm die Evolution einen Knochenvorsprung für das Handyclip geformt hat. Lediglich für die Aufbewahrung des BMW-Schlüssels hat er an seinem Körper schon ein Fach gefunden.
Was den Wessi im Auslands-Urlaub am Sekundärdeutschen aber am meisten stört, ist nicht seine Herkunft, sondern seine Allgegenwart, seine bloße Anwesenheit: Mit dem Ostler über Varianten der Geldanlage zu diskutieren, das ist doch, als wenn man mit einem Neger über den Iglu-Bau fachsimpelt. Und sich vom Ostdeutschen bei der Schnäppchenjagd im fremdrassigen Ausland auf die hinteren Ränge verweisen lassen zu müssen, ist für einen alten Etappenhengst wie den Wessi schwer demütigend. Vor allem aber ist ihm ein Stück Lebensfreude, ja Lebenssinn verloren gegangen. Nichts schöneres gab es seit der Adenauerzeit für ihn, als den zwangsweise daheim bleibenden Brüdern und Schwestern im Osten von seinen Reisen zu erzählen, Ansichtskarten aus Venedig zu schicken mit dem schönen Satz: »Nichts wünschen wir uns mehr, als dass ihr das hier auch einmal sehen könntet!« Die Dia-Abende mit dem Westbesuch waren in der Zone fast so gefürchtet wie die alljährlichen Zivilverteidigungsübungen im VEB. Für diese Folter hat der Wessi eigens den Diaprojektor erfunden.

Heute ruft der Ostler allerorten, wo der Westler hin kommt: Wir sind allhier! Und es lohnt sich für den Wessi gar nicht mehr, sich vor einer Pyramide fotografieren zu lassen, um später zu behaupten: »Da haben wir gewohnt.«
Seit wir auch die Freiheit haben zu verreisen, kann der Wessi uns mit einem befristeten Ghetto-Aufenthalt in Tunesien, den er »Sommerurlaub« nennt, natürlich nicht mehr imponieren. Wir kennen die Scheußlichkeiten jetzt alle selber – den Müll, den Lärm, die Kakerlaken unter dem Kopfkissen, den Gestank nach faulem Fisch und brennenden Autoreifen, die gewichsten Preise, durchgebumsten Matratzen und das Zimmer neben dem Lüftungsschacht. Ein wichtiges Motiv, in die Zone zu reisen – nämlich um anzugeben – ist für den Wessi entfallen, und zwar ersatzlos. Über die Hälfte des westdeutschen mobilen Publikums hat sich darum vorgenommen, den Osten nachhaltig, das heißt auf Lebenszeit, zu meiden. Vor allem jene Gebiete, in denen dem Vernehmen nach der Kommunismus herrscht – Karl-Marx-Stadt, Stalinstadt, Bitterfeld und Eggesin. Hoffentlich bleibt das auch so, drück uns die Daumen, mein Kind.

Mama, wenn der Wessi so gern verreist, ist es doch gar nicht so schlimm, wenn Flugzeuge abstürzen?

Doch, mein Herzchen, das ist sehr schlimm – so was kann auch nur ein Kind fragen! Denn in Flugzeugen sitzen wir, die ehemaligen Bürger der Ehemaligen – der Wessi sitzt im Flieger! Der Wessi fährt auch mit der Tram. Da dürfen wir gar nicht mit rein: Wir fahren nach wie vor nur mit der Straßenbahn.

Wir sind überhaupt, verglichen mit dem Wessi, sehr wenig komplex. Auf unserem Zivilisationsniveau ist unsere Sprache sehr einfach geblieben, die Sprache ehrlicher Menschen. Wir sagen immer noch »der Wasserhahn tropft«, während der Wessi längst schon »die sensorische Einhebelmischeinheit weist periodische Wasserverluste auf« formulieren kann. Während wir stinken, hat beim Wessi das Deo versagt. Denn Versager sind immer die anderen.

Aus der Sprache, die wir in unserer Deutschen Demokratischen Republik gesprochen haben, hat sich der Wessi nur zwei Wörter zur eigenen Verwendung rausgesucht: andenken und abnicken. Immer nur angedacht haben wir, weil zu Ende denken geradewegs nach Bautzen führte. Und wenn wir keinen hatten, der das Angedachte abgenickt hat, war gleich Pumpe. Das muss beim Wessi genauso sein, sonst hätte er sich nicht in diese Untätigkeitswörter verliebt. Nur dass der Wessi nicht nach Bautzen kommt, sondern höchstens in Pension geht, das ist der Unterschied.

Zwar haben wir sehr viele Fragen, aber die Hinterfrage hat der Wessi ganz allein erfunden. Während er hinterfragt, sitzen wir Zonis einfach nur dumm rum, was beim Wessi nie vorkommt, oder genauer: »eher nie« vorkommt. Wenn er mal dumm dasitzt, dann ist es wenigstens ein Dahindümpeln respektive ein Relaxen. Allerdings leistet er sich das nicht oft, oder nur – wie er sagen würde – »höchst selten«. Sonst ist nämlich auch er ganz fix dort, wo wir schon lange sind bzw. eh schon lange sind – nämlich draußen, genauer gesagt »außen vor«.

Wenn man zu einem Wessi ins Apartment kommt, versteht es sich von selbst bzw. ist es »ein unbedingtes Muss«, dass man seine Botten außen vor der Tür lässt. Denn wenn man ihm außer Fußschweiß auch noch Hundescheiße auf seinen Spannteppich schleppen würde, wäre bei ihm die Kappungsgrenze erreicht. Bei ihm wäre dann sehr rasch mental der Belastungsrahmen ausgeschritten bzw. der Belastungsspielraum ausgeschöpft, wie eine Regentonne in der Trockenheit.

»Mental« sagt der Wessi immer, wenn er nicht genau weiß, ob er verrückt ist oder ob er mit seiner Abartigkeit vielleicht sogar Geld verdienen kann. Denn eine Macke, die sich nicht rechnet, genauer gesprochen: sich nach Steuern nicht rechnet, ist vielleicht doch nur ein Disponibilitätserschwernis, und der Wessi müsste auf die Hinterfrage, ob es ihm denn gut gehe, auf die ihm eigene, unnachahmliche Weise antworten: »Nicht wirklich.«

Ansonsten äußert er sich aber nicht so direkt. Am liebsten sagt er: »Ich würde mal sagen«, oder »ich würde mal sagen wollen«. Das geht ja noch, vor allem, weil er dann doch nichts sagt! Die Demokratie ist eben die Staatsform, wo man nicht so direkt was sagt. Doch wenn er »ich würde mal denken wollen« ankündigt, möchte man ihm beispringen und rufen: Dann tu's doch!

Vielleicht brächte man ihn mit solch einer Aufforderung in Verlegenheit. Er würde Druck spüren, also »einen gewissen Handlungsbedarf«. Der Wessi hat ja bekanntlich auch nie Blasendruck, auch nicht nach dem zehnten Bier, sondern seine Blase signalisiert einen gewissen Handlungsbedarf, den er fast immer auch als Herausforderung an den Wirtschaftsstandort Deutschland – als lohnende oder unabweisbare – begreift. Er pinkelt auch nicht, sondern macht unter dem Motto »Alles muss raus!« einen Räumungsverkauf. Wenn er sich dann wieder an den Biertisch setzt und noch eine Runde in Höhe des Wiederbeschaffungswertes des eben verpinkelten Bieres bestellt, fällt er

nicht irgendwann unter den Tisch, sondern erlebt ein Desaster bzw. seine Lage wird desaströs. In dieser Situation könnte er dann, wenn er noch könnte, ausrufen: »Ich hätte mal gedacht haben wollen!«
Dann ist der Punkt erreicht, wo der Wessi sich endlich keine Sorgen mehr machen muss, wie er was richtig rüber bringt bzw. wie er selber rüber kommt. Dann ist er ja hinüber.

Mama, warum darf ich eigentlich nicht »sssupper!« sagen?

Dafür gibt es einen ganz einfachen Grund, mein Liebling, der sofort Evidenz herstellt: Weil ich dir dann eine auf die Schnauze haue.

Ach so.

So, mein Liebling, nun aber genug für heute! Gute Nacht, Schatz. Und Hände auf die Bettdecke!

Gute Nacht! Und, Mama: Danke, dass es dich gibt!

DONNERSTAG
Über Kleiderordnung, Holzköpfe und Leiden im Theater

Liegst du flach, Liebling? Ich komme!

Ist Gerhard Schröder auch ein Wessi, Mama?

So dumme Fragen beantworte ich nicht, du kleiner Idiot. Dazu sind mir unsere kuscheligen Minuten kurz vor dem Gute-Nacht-Küsschen zu schade. Nächste Frage, oder ich blase dir das Lichtlein aus!

Ist der Wessi auch ein Gerhard Schröder, Mama?

Schlau gefragt, Liebling! In jedem Wessi steckt ein Schröder! Aalglatt, hinterfotzig, elitär, rücksichtslos, feige, karrieregeil und doppelzüngig. Und immer teuer angezogen. Die erkennen einander an den Schuhen, an den Uhren, am Rasierwasser (das sie ungeniert After-Shave nennen), an der Zigarrenmarke und an den Kreditkarten, ohne dass sie auch nur den Mund aufmachen müssen. Ich habe selbst erlebt, wie ein Wessi hinter einem anderen im Neuschnee herschlich, sein Sohlenprofil entzifferte und ihm dann beim Überholen zuflüsterte: »Alle Achtung, 230 Mark!« Hinter der Stirn arbeitet bei denen immer der Taschenrechner: Der Mantel 1500 Mark, die Brille mindestens 400! So kriegt ein Mann erst Wert. Gehen sie in eine Kneipe, sind sie mit sich selber beleidigt, wenn sie sich zu billig betrinken. Kennst du das? Manchmal denkt man doch: »O weh, wenn ich jetzt von einem Auto angefahren werde und muss ins Krankenhaus und habe so eine olle Unterhose an!« Der Wessi denkt: »Wenn ich mit diesem 70 000-Mark-BMW an einen Alleebaum fahre – da wird der Notarzt aber neidisch sein!«

Als Schröder gefragt wurde, wie er die Welt sieht bzw. eventuell haben möchte – ob er Frieden will oder Krieg, Atomkraftwerke oder Windmühlen, freche Ossis oder tote, arme Alte oder reiche – da hat er eine kleine Weile überlegt und dann einfach den Namen seines Anzug-, Westen- und Unterhosenschneiders genannt. Das war Programm genug. Wer Anzüge von Black & Decker oder Miele trägt – oder wie die »angesagten« Schneider heißen –, der hat dem Volke der Wessis genug an Zeichen gegeben. Und sie hatten verstanden.

Der Schröder hält das durch! Eines Tages hatten die Abgeordneten zu debattieren, ob sie Bomben auf Ausländer schmeißen lassen sollen oder nicht. Die Begeisterung schlug hohe Wellen. Da kriegte das Fernsehen den Kanzler ins Bild: Er saß versunken in seiner Bank, das Quadratkinn vorgeschoben, und versuchte ein Viertelstündchen lang mit Daumen und Spucke einen Spermafleck von seiner dezent gestreiften Krawatte zu rubbeln. Dann trat er ans Pult und sagte, man müsse Prioritäten setzen!

Des Wessis Biografie lässt sich auf einen einzigen Satz zusammenschnurren, den der Schröder schon in jungen Jahren besoffen durch die Bonner Nacht trompetet hat: »Ich will da rein!« Er will immer irgendwo drin sein, weil er nicht ertragen könnte, wenn das Leben ohne ihn läuft. Die Tatsache, dass es Frühling, Sommer, Herbst und Winter wird, ohne dass der Wessi dafür jemanden bestechen musste oder in einer Talk-Show degegen protestieren konnte, läßt ihn an seinem Charisma und an seinem »Outfit« zweifeln. Er will auf die Kreuzfahrtschiffe und zum Bundespresseball, in die Aufsichtsräte und in jeden Vereinsvorstand, in den VIP-Bereich zur Milleniumsparty vor dem Brandenburger Tor, in die Eliteschulen, in den Golf-Club, ins »Borchards«, ins Seniorenstift und selbstverständlich in den Himmel. Eigentlich weiß er nicht warum, und Schröder weiß es schon gar nicht. Mal tut er es für seine alte Mutter, dann wieder einfach, weil er es »geerne macht«, und ein andermal schiebt er August Bebel, den Standort

Deutschland, die Sozialhilfeempfänger oder Gattin Doris vors Loch. Hauptsache drin – dann ist so einer zu allem bereit.
Dann nimmt der Geerd auch geern mal unser Geld und rettet den Banken einen Konzern vor der Pleite, was von Adenauer bis Kohl noch kein Kanzler so ungeniert betrieben hat. Und die »Holzmänner«, diese Holzköpfe, rufen auch: »Hauptsache drin!«, verschenken den letzten Groschen von der Mark, gehen Samstag aus Liebe zu ihrem Ausbeuter auf Arbeit und bieten der Deutschen Gläubiger-Bank ihre Frauen und Töchter zum Beleihen an.
Wenn der Wessi mal gar nicht weiter weiß, dann muß es einfach »Spasss« machen. Für »Spasss« schlägt er seine Großmutter tot. Für Schröder gilt die Formel: Je öfter er versagt, desto mehr muss Regieren »Spasss« machen. Natürlich nur ihm selber. Er sagt sich mit Recht: So lange ich grinse, wählt mich der Wessi.
Der »Spasss« des Wessis ersetzt auch manche umständliche Argumentation. Nur nicht ideologisch werden! Locker bleiben! Warum soll man eigentlich einen Platz für tote (es gibt Leute, die sagen: ermordete) Juden mitten in der Hauptstadt Mitten, in goldenster Immobilienlage freihalten, wenn die dort gar nicht mehr investieren können? Das verstehe wer will. Aber es muss sein. Und eine

Antwort muss auch her, eine Kanzlerantwort: Damit wir dort einen Platz haben, »wo man geerne hingeht«! Wie den Rummel im Plänterwald, den Zoo und den Wannseestrand. Solche Plätze können wir spassseshalber nie genug haben. Nur, haben wir genug tote Juden dafür?
Du musst dich aber nicht fürchten, mein Herzchen: Man kann dem Wessi weitgehend ausweichen. Wir beide müssen ja nicht in die Restaurants gehen, in denen Schröder nach dem Abendmahl seine Cohiba raucht. Und wenn du nicht am Staatsratsgebäude triefig übern Schlossplatz schleichst, fährt dich sein Karossengeschwader auch nicht tot. Doch sollten wir Ossis – neben den Ghettos der Wessis, Düsseldorf, München oder Köln – manche Orte meiden, z. B. Kinos und Theater.
Im Kino und im Theater ist man dem Wessi hilflos ausgeliefert. Es ist nicht nur der widernatürliche Sud von Gerüchen, der von ihm ausgeht. Wenn sich Schweiß mit Joop! vermählt, ist selbst Schweißgeruch nicht mehr zu ertragen. Alles, was er macht, ist falsch, er atmet falsch, schnieft verlogen und räuspert sich heuchlerisch. Wenn er mal einen Witz versteht, dann lacht er so laut, als wolle er ganz Deutschland davon in Kenntnis setzen. Aber meistens lacht er an den falschen Stellen, vorsorglich, aus Angst, dass er was nicht begriffen hat.

Denn eigentlich kommt sein Humor über Heinz Erhardt, Karl Dall oder Mike Krüger nie hinaus. Deshalb bezeichnet er ja auch die Sprüche von Harald Schmidt, die man täglich in BILD nachlesen kann, als »Unterhaltung für Intellektuelle«. Wenn er begeistert ist, dann aber so, dass alle hören müssen, wie ihm die Prothese scheppert. Stille Stellen überbrückt er, indem er Popcorn malmt, in den Ohren puhlt oder die Geheimzahlen seiner Kreditkarten memoriert. Am schlimmsten aber ist es, wenn er wirklich auch noch den Mund auftut und etwas sagt, denn meistens ist es ...

»Sssuper!«

Wenn die Vorstellung zu Ende ist, sollte man sofort flüchten, um nicht gemeinsam mit dem Wessi das Theater verlassen zu müssen. Denn was man da von ihm zu hören kriegt, lässt einen nachträglich frösteln und erkennen, in welch widerlicher Lage man sich befand: Mit so dämlichen Menschen habe ich zwei Stunden lang in einem Raum gesessen!?
Meistens sagt er nämlich zu seiner Handtaschen-Mutti: »Teuer war's!« – und es bleibt offen, ob er das Billett, den Sekt in der Pause oder die Strasshöschen der Ballett-Miezen meint, ob das ein Lob oder eine Injurie ist.

Inzwischen haben zumindest die Ostberliner die Konsequenz gezogen und lassen die Wessis im Theater und im Kino mit sich alleine. Natürlich merken die Wessis, dass jetzt alle genauso wenig kapieren wie sie selber. Das freut sie, denn sie denken, das sind die Früchte der zehnjährigen Umerziehung am Ossi.
Den Wessi zu betrügen ist leicht. Er ist so einfach gestrickt: 60 Prozent Imponiergehabe, 40 Prozent Wasser.

Mama, lebt der Wessi bei sich in solchen Häusern wie wir?

Auch wenn es Überwindung kostet – man sollte öfter mal in den Westen reisen. Da kann man sehen, was der Wessi noch mit uns vorhat: Nicht den bösen, kalten Kapitalismus; den haben wir ja schon, Kämpfen, Hauen und Stechen. Der Wessi hat noch viel Grausameres in petto: die Idylle, die nackte, brutale Idylle.
Zum Beispiel Aschaffenburg. Die Stadt kann ja nichts dafür, dass sie zu Bayern gehört. Aber Mitleid mit dem Wessi in Aschaffenburg? Niemals. In freier Selbstbestimmung hat er sich sein piefiges Gemeinwesen und Deutschlands dichtestes System von Fußgängerüberwegen geschaffen. Dort ist jeder Eckstein geputzt, gewienert und mit einem

Gedenktäfelchen versehen. Die geistige Mitte des Fleckens ist die Volkshochschule mit ihrem Kurs »Aus der Apotheke der Natur«. Einmal im Jahr sitzen die Aschaffenburger bei Country-Musik dicht gedrängt unter einer haushohen Plastewindmühle auf dem Marktplatz, essen, rülpsen, verdauen und loben die beste aller möglichen Welten. Dann, in der Dämmerung, erheben sie sich, haken einander unter und schreiten ihre Fußgängerschutzwege ab.

Nein, so möchte ich nicht werden. Lieber bleibe ich Kind.

So, nun aber genug für heute! Gute Nacht, Schätzchen. Und Hände auf die Bettdecke!

Gute Nacht! Und, Mama: Danke, dass es dich gibt!

FREITAG
Über Witze über und die Liebe zum Wessi im höheren Sinne

Liegst du flach, Liebling? Ich komme!

Mama, darf ich auch einmal periphere Kritik in unseren Diskurs einbringen?

Natürlich, Kind. Ich bin für rückhaltlose Offenheit in der Mutter-Kind-Beziehung, auch wenn dir das manchmal weh tut.

Ich habe so langsam den Eindruck, du kannst den Wessi nicht ausstehn. Jedenfalls vermittelt sich mir das im Subtext deiner Einlassungen, sozusagen auf der konnotativen, mithin der Beta-Ebene.

Aber deshalb musst du noch lange keine Ausdrücke sagen!

Zum Beispiel, gibt es denn keine hübschen Märchen oder lustigen Lausbubengeschichten über den Wessi? Oder schöne Lieder?

Nein, außer der »Lorelei« keine, wo der Wessi einigermaßen gut weg kommt. Und die Lorelei ist zwar schön wie die Mutter Beimer aus der Lindenstraße – aber mit einer äußerst teuflischen psychosozialen Funktion, wie du weißt. Es gibt natürlich ein paar Witze über den Wessi, die bei uns gern erzählt werden. Sie sind sehr einfach gebaut, das ist das Schöne an ihnen. Jeder Ossi kann sofort einen Lachreiz verspüren. Sie sind so gestrickt, dass man sie umstandslos auf Polen, Wolgadeutsche, Juden oder Rollstuhlfahrer umdichten könnte, ohne dass der Humor darunter leidet. Kennst du *den*? Kommt ein Straßenbahnfahrer in Leipzig nach Hause ...

... nach Leipzig nach Hause, Mama!

Nein, nein, der ist in Leipzig zu Hause.

Aber wieso kommt er dann nach Leipzig, wenn er schon da ist?

Der Witz ist für Kinder eben doch schwieriger, als ich dachte. Also: Ein Leipziger Straßenbahner kommt nach Hause.

Mit der Straßenbahn?

Das ist nicht überliefert. Jedenfalls kommt er nach Hause. Fragt seine Frau: »Na, Schatz, wie war dein Tag?«
»Prima«, sagt der Mann, »habe drei Leute überfahren.«
»Aber das ist ja furchtbar!«, ruft die Frau.
»Nee«, sagt der Mann »es waren Wessis.«

Ist das nicht ein goldiger Humor? Immer, wenn ich zu Tante Dorothea nach Leipzig fahre, wird mir dieser Witz erzählt. Einmal wurde er mir auch andersrum erzählt, und du sollst nun selber entscheiden, welche Variante dir am besten gefällt.
»Na, Schatz, wie war dein Tag?«
»Furchtbar, drei Wessis überfahren.«
»Aber das ist doch prima!«
»Nee, zwei haben überlebt.«
Also, ehrlich, ich kann auch nicht mehr darüber lachen. Ich hab ihn schon zu oft gehört.
Ich habe übrigens überhaupt nichts gegen den Wessi. Die Tatsache, dass ich ihm im Gespräch mit dir ganze Abende widme, zeigt doch, wie lieb er mir ist. Doch was man liebt, das will man auch verbessern – so wie wir früher unsere Heimat, die Deutsche Demokratische Republik. Und so wie mit unserer Heimat will ich es auch mit dem Wessi halten: Ich werde nicht ruhen und rasten, ehe er verschwunden ist bzw. dialektisch aufgehoben.

Wenn du den Wessi aufheben willst, kannst du dann nicht trotzdem einmal versuchen, ein Lied über ihn zu singen? Aber eins ohne Ironie, die dir ohnehin nicht immer gelingen will, Mama.

Du hast Recht, Liebling. Lieder erzählen oft mehr als Tausende Manuskript-Computerzeichen, die

Leerzeichen nicht mitgerechnet! Oft werden sie auch besser bezahlt. Als ich neulich in den Hackeschen Höfen sturzbetrunken an einem Laternenpfahl lehnte, hörte ich über mir eine Jungfrau singen. Ihr Stimmchen troff aus einem geöffneten Fenster im zweiten Stock. Sie ging wohl gerade zu Bette und kämmte sich ihr goldenes Haar. Es war eine Wessa, wie du gleich merken wirst, eine unverdorbene Jungsozialistin. Sie sang zur Melodie von »Jesu bleibet meine Freude« von Johann Sebastian Bach. Mal sehen, ob ich die hinkriege, wenn ich nicht am Spinett sitze.

Ich drücke dir ganz fest beide Daumen, Mama!

Nein, da kann ich ja nicht singen!

Meine Daumen.

Liebeserklärung an E.
Mich friert, als junge Demokratin,
die ein Flämmchen noch im Busen fühlt.
Wo ist der Mann von wirklichem Format hin,
der mein Schluchzen hört, mein Sehnen stillt?
Der Mann trägt einen stolzen Namen,
mit dem er steht, für alles, was er kann.
Er senkt in mich der Hoffnung frischen Samen,
denn wisset: Eichel heißt der Mann.

Er bringt mich wieder auf die Habenseite.
Er macht mich heil, denn ich war krank und
wund.
Er flieht die Zinsen, und er hasst die Pleite
und macht die Volkswirtschaft gesund.
Er ist es, der uns wieder aufbaut,
damit ihr, Sparer, wieder lächeln dürft.
Was er leistet, geht auf keine Vorhaut.
Eichel, den man nicht vor Säue wirft.

Wie immer es im Kampfe ihm ergeht –
wenn ich des Abends Eichel streichel,
schenkt er mir ein kleines Sparpaket
und steht stolz wie eine Deutsche Eichel
mitten hier, in meinem kargen Frauenzimmer,
wo ich August Bebel les und glaub.
Und da seh ich manchmal ihn, nicht immer:
ein Held, mit EK I und Eichellaub.

Du weinst, mein Kind? Oh, das ist einer Mutter schönster Lohn!
So, nun aber genug für heute! Gute Nacht, Schätzchen. Und Hände auf die Bettdecke!

Gute Nacht! Und, Mama: Danke, dass es dich gibt!

SONNABEND
(bzw. Samstag, wie der Wessi sagt)
Über das Bedürfnis zum Mittagsschlaf, rote Deckel auf Nutella und andere Scheinossis

Liegst du flach, Liebling? Ich komme!

Ist der Wessi eigentlich gut erforscht, Mama?

Nein, nicht sehr gut. Man weiß nur, dass er ständig stoßartig unter Allergien leidet. Er hat in fünfzig Jahren Bundesrepublik so aseptisch gelebt, dass er praktisch nich mal über genügend Antikörper verfügt hat, um 1990 im Silbersee von Bitterfeld zu baden (weißt du noch, unser schöner Urlaub dort, mit Papa, diesem – na, du weißt schon?). Noch heute brauchst du dem Wessi nur ein Glas stilles Wasser vor die Nase zu stellen, und schon brechen Eiter und Schuppenflechte aus ihm heraus. Im Prinzip besteht der Wessi aus Migräne. (Wir sind dafür seinen Emulgatoren und Geschmacksverstärkern E 32 bis 38 schutzlos ausgeliefert. Man kann sagen: Mit allem, was er uns zu fressen gibt, löscht er uns aus. Deshalb ist es ja so wichtig, dass wir ausschließlich unsere »Adretta« aus der Börde in die Kartoffelsuppe schnipseln.)

Er hat noch eine zweite Krankheit, der Landsmann aus dem Westen, in die deutsche Einheit eingebracht, der der gemeine Ossi ratlos gegenüber steht: Das chronische Müdigkeitssyndrom. Es befällt vor allem Lehrer in Gemeinschaftskunde und andere mittlere Beamte. Es kündigt sich durch das unstillbare Bedürfnis zum Mittagsschlaf an. In der DDR führte man es unter dem Namen »Faulheit«. Wenn es den Wessi befällt, kann er seinen Lebenstraum erfüllen: Er bekommt eine Berufsunfähigkeitbescheinigung und kann fortan seinem ausgedehnten Freundeskreis am Ballermann Sex erzählen, wie sehr er es geliebt hat, seine Schüler in der großen Pause auf der Mädchentoilette zu beaufsichtigen oder die Hundesteuer zu erheben.

Über den Wessi wissen wir immer noch viel weniger als dieser über uns. Uns hat er in den letzten zehn Jahren alle Körperöffnungen vermessen, hat Sonden in unsere Hirne gelassen, wo er den Sitz des Marxismus vermutete, hat uns Abstriche genommen und sie zum Beriechen dem CIA geschickt. Er hat mehrere Institute gegründet, die nur der Erforschung des gemeinen Ossis dienen – das Hannah-Arendt-Institut für Totalitarismusforschung, die Eppelmannkommission, die Gauck-Behörde, die Landeszentralen für politische Bildung

und das Forum Ost der SPD. Er weiß, warum wir auf Rübensirup aus Zörbig stehen (weil man damit Rostschäden am Wartburg konservieren kann) und wieso uns »Nutella« eine Freude macht, wenn es die nussige Pampe mit einem roten Deckel versieht (weil uns das an unseren NudOssi-Brotaufstrich gemahnt). Er weiß, warum uns bei dem Lied »Unsre Heimat, sind nicht nur die Städte und Dörfer« das Wasser in die Augen schießt. Er wird uns noch eine Weile unter verschärften Laborbedingungen beobachten, die Wirkung von SAT 1 auf uns testen und warten, ob er noch Akten über uns findet. Und dann wird er das Ausgestorbensein unseres Stammes bei der UNO-Schutzbehörde für bedrohte Säuger melden.
Darum sei auf der Hut, wenn du dem Herrn Dr. Rosenbauer vom ORB oder dem Herrn Dr. Reiter vom MDR, den Herren von Super-Illu oder den heutigen Chefredakteuren unserer einstigen SED-Bezirkszeitungen begegnest. Sie wollen an uns testen, ob Verblödung weh tut und ab wann wir schreien, Blut spucken oder um Gnade winseln. Zeig dich nicht schwach, mein Kind, doch vergiss ihre Gesichter nicht!
Sie beobachten uns immer – wie wir die Gabel halten, was wir von Ernst Jünger wissen, ob wir uns die Zähne putzen. Eine Frau, die in Frankfurt an

der Oder lebt, hat es neulich vorgemacht: In ihrem Häuschen gingen Handwerker ein und aus, Postboten, Schulfreunde ihrer Kinder, der Schornsteinfeger und der Hausarzt. Bei dem einen hat sie herausgefunden, dass er Lasagne für einen Fußbodenbelag hält. Beim nächsten hat sie zugeguckt, wie er Lasagne mit den Pfoten frisst bzw. mit den Lefzen vom Teller saugt. Den dritten hat sie sagen hören: »Das war Lasagne? Na, da weiß ich, was ich im Osten nicht verpasst habe.« Das war gewissermaßen der große Lasagnetest!

Die Frau kam aus dem Westen – sie ist die Gattin irgendeines Oberarztes, der eine Stelle besetzt, für die der Ossi zu dumm ist. Sie hat sich aber gut getarnt all die schweren Jahre lang: Sie hat sich Erde ins Gesicht geschmiert, Spanienlieder gepfiffen und im Hocken in den Garten gepinkelt, wie alle Frauen an der Oder. Über all das hat sie ein Buch geschrieben.

Wegen des Buches und weil das Fernsehen so begeistert davon war und eigene Lügen beigesteuert hat, kam es zu einer großen Bürgerversammlung in Frankfurt an der Oder, der größten nach der »Wende«. Dort empörten sich ein ostdeutscher Kirchenmann, ein ostdeutscher Zeitungs-Chefredakteur und ein ostdeutscher Innenminister über all das Böse, was die Wessis schreiben und im

Fernsehn zeigen. Als der Fernsehmann nicht mehr ein noch ein wusste, hat er seine Kumpane verraten: Der Kirchenmann, der Zeitungs-Chefredakteur, der Innenminister – alle Wessis, die empörte Ossis spielten. Sie sind so rot geworden, dass man es sogar durchs Radio sehen konnte.

Und was lehrt uns das, Mama?

Traue keinem, der sich empört!
So, nun aber genug für heute! Du willst doch sicherlich noch den Samstagabend-Porno auf RTL 2 sehen.

Darf ich? Sssuper, Mama!

Na dann, gute Nacht, Schätzchen. Und Hände auf die Bettdecke!

Gute Nacht! Und, Mama: Danke, dass es dich gibt!

SONNTAG
Über Kameradschaft, dezentes Flatulieren im öffentlichen Raum sowie gute und böse Albaner

Liegst du flach, Liebling? Ich komme!

Mama, sag mal ehrlich, soll man den Wessi etwa töten?

Das kommt drauf an, mein kleines Zuckerschnütchen.

Worauf? Ob es ihm auch weh tut?

Nein, auf die Situation! Sieh mal, das ist so: Kürzlich hat der Wessi Krieg gemacht, den ersten, seit es den Wessi gibt. Der Wessi war ganz doll aufgeregt, als es losging, denn irgendwie hat er fünfzig Jahre lang darauf gewartet.
Aber bis vor zehn Jahren, als unsere ehemalige Deutsche Demokratische Republik, der Staat des Friedens und der Völkerverständigung, noch das Bollwerk der friedlichen Koexistenz in Mitteleuropa war, ist dem Wessi ein Krieg einfach zu gefährlich gewesen. Er hätte sich den Arsch versengt, verstehst du?

Feige ist er also auch noch.

Worauf du einen lassen kannst, mein Spätzchen!
Aber bei dem Krieg, bei dem der Wessi die Serben bombardiert hat, waren bis zu achtzig Prozent der Wessis dafür. Sie waren froh, dass sie wieder mal irgendein Land von der Herrschaft irgendwelcher Barbaren befreien durften. Denn der Wessi hält sich so ziemlich für den besten und nachgerade schönsten Teil der Menschheit – und das soll der Rest auch zu spüren kriegen.
Außerdem ist es dem Wessi natürlich lieber, der Serbe wird bei sich zu Hause bombardiert, als dass man ihn in Deutschland durch die Straßen jagen oder anzünden muss. Das hinterlässt doch immer Schmutz und verursacht Stau in der rush-hour, also wenn der Wessi nach Hause will.
Krieg hebt beim Wessi unwahrscheinlich die Stimmung. Er kriegt davon rote Bäckchen wie beim Musikantenstadl und stellt sich geistig auf Erbseneintopf und das Winterhilfswerk um. Der Wessi-Mann sehnt sich nach dem Frontbordell und die Wessa nach dem Duft von Schweiß, Leder und Stiefelwichs. Die Regierung kriegt jede Menge Pluspunkte bei den Meinungsumfragen und darf den Benzinpreis erhöhen. Der Wessi macht im Krieg Sondersendungen von der Front. Und beim Abendbrot guckt er Menschen gern in die Gedärme.

Deshalb lässt der Wessi auch nichts auf seine Wehrmacht kommen. Was sein Opa oder sein Papa an der Ostfront Tolles erlebt haben – das sind die Märchen, mit denen der Wessi groß geworden ist. Vor allem hat er aus diesen Märchen gelernt, wie wichtig Kameradschaft ist. Deshalb ist der Wessi, wenn er nicht gerade zum Schwein wird, immer ein urster Kamerad, also Kumpel, und reagiert sich bei den Sudetendeutschen, bei der Freiwilligen Feuerwehr, bei der Berliner Polizeireserve, im Karnevalsverein oder in der FDP ab.
Bei dem letzten kleinen, süßen Blitzkrieg hieß der Märchenerzähler Rudi. Rudi war der Kriegsminister. Er hat die schöne literarische Form der Greuel-Propaganda wiederbelebt und so schreckliche Geschichten über die bösen, bösen Serben erzählt, dass die Leute in Bayern und Schleswig Holstein – um nur einmal die dämlichsten von allen Wessis zu nennen – schon anfingen, Mehl und Zucker für den serbischen Überfall zu hamstern und zwei Unterhosen übereinander anzuziehen. Jeden Morgen vor dem Frühstück hat der Rudi von seinem Schreibtisch aus ein dampfendes Massengrab im Kosovo entdeckt, wo wahrscheinlich gute Albaner drinlagen, die von bösen Serben ermordet worden waren.

Gute Albaner? Du spinnst wohl!

Na ja, jetzt wo der Wessi die Albaner in seinen Fußgängerzonen hocken hat und schleunigst wieder loswerden will, sind sie natürlich böse, vor allem schmuddelig, aufdringlich, fordernd, frech und laut. Und eben leider doch nicht ganz so tot, wie sie der Rudi haben wollte, sondern quicke Asylbegehrende. Der Herr Innenminister hat sie kürzlich in einer Wessi-Zeitung sogar »äußerst unangenehme Gestalten« genannt. Beim nächsten Krieg sind die fällig, das kannste wissen.

Aber worauf fokussiert sich deine profunde Analyse, Mama?

Na, ob man den Wessi töten soll! Also, ich meine, wenn der Wessi irgendwo Krieg macht, dann muss er natürlich damit rechnen, dass ihm auch mal einer auf die Mütze kackt, scherzhaft gesprochen. Du musst schon die Löffel spitzen, Schätzchen, wann Mama was Lustiges lustig meint. Ironie können schon kleine Kinder mit einem einigermaßen ausgeprägten Stammhirn verstehen. Also, stell dich nicht so dämlich an, ja! Sonst können wir den Scheiß hier auch interrupten, und ich gehe in die Kneipe runter einen zischen, statt bei dir hier auf deiner Furzkuhle zu hocken, compris?

Oh, bitte, lieb Mütterlein, sprich weiter! Du plauderst so lieblich!

Wo waren wir?

Dass dem Wessi auch mal einer auf die Mütze kackt, scherzhaft gesprochen.

Ja. Und er im Zink-Sarg wieder in seinem Territorium bei seiner Wessimutti anlandet. Das weiß natürlich der Wessi auch. Deshalb hat er erstens Krieg nur aus der Luft gemacht, damit ihm keiner auf die Mütze – na, du weißt schon. Und zweitens hat er auch ein paar Ossis in die Bomber gesetzt, damit im Ablebensfalle nicht nur die Lebensverhältnisse, sondern auch die Todesverhältnisse gerecht verteilt sind. Erwischt hats aber diesmal keinen.

Schade, Gute-Nacht-Geschichten sollen doch eigentlich gut ausgehen.

Tja, man kann nicht alles haben, Liebling.

Aber von sich aus töten soll man einen Wessi nicht, nicht? Ich spüre doch, Mama, wie warmherzig du über diese Menschen sprichst.

Nein, natürlich soll man das nicht. Der Wessi ist auch ein Gottesgeschöpf und hat ein Recht darauf, die liebe, liebe, liebe Sonne zu sehen, wie alle Tiere dieser Welt.

Aber wenn eine Kakerlake unter dem Spülstein vorgekrochen kommt, schlägst du sie mit dem Kotelettklopfer tot!

Das ist etwas ganz, ganz anderes, mein Kind! Das beides darf man nicht vergleichen. Kakerlaken übertragen schlimme Krankheiten wie Bulimie, Fußpilz und weichen Schanker. Das tut der Wessi nicht. Außerdem darf man Menschen, wozu wir den Wessi zählen wollen, nicht mit Krabbeltieren vergleichen. Das ist nicht unser Diskussionsniveau, hier, bei uns in unserer ehemaligen Deutschen Demokratischen Republik. Unter diesen Kleinstlebewesen gibt es nämlich auch viele Nützlinge, und du würdest ihnen damit Unrecht tun. Denk doch nur mal an die Reblaus, die für die alkoholische Gärung verantwortlich ist! Ohne sie könnte Mama abends, nachdem sie dir das Gutenachtküsschen versetzt hat, nicht einmal ihre drei, vier Fläschchen Rotwein verschnabbulieren. Oder denk einmal an den Regenwurm. Der frisst jede Scheiße ratzekahl auf, und hintenraus kommt fruchtbare, fette Erde, daraufselbst schlussendlich blühende Landschaften entstehen. Der Helmut Kohl, der lange Zeit unser Oberwessi war …

... ist das der, dem der lange Lülich, der vor mir mein Geschichtsbuch hatte, auf Seite 201 die Augen mit der Zirkelspitze ausgestochen hat?

Genau der, Herzchen! Aber hör endlich auf, dem langen Lülich deswegen gram zu sein! Seine Mutter sitzt im Gemeinderat. Von der blöden Kuh hängt es ab, ob ich nun endlich am Platz der Deutschen Einheit, gegenüber der neuen Bedürfnisanstalt, eine Frittenbude aufmachen darf.
Der lange Lülich hat das mit den Augen bestimmt auch nur gut gemeint. Er wollte zeigen, wie schlimm der Mann aussehen würde, wenn ihm die jemand ausstechen würde. Und deshalb hat es dann ja auch, o Wunder der Einheit, nie einer getan.
Also, der Helmut Kohl hat ja gehofft, dass seine Wessis alle so ähnlich wie die Regenwürmer sind, als sie den Osten leerfraßen, und hat formuliert – und ich zitiere jetzt frei aus dem historischen Kontext: Wichtig ist, was hinten raus kommt. Aber irgendwie hat der Wessi mal wieder alles bei sich behalten.
Du musst wissen, dass der Wessi nämlich nicht wie wir gesunden Menschen nach jeder größeren Mahlzeit eine gezielte Darmentleerung durchführen kann. Dazu ist er nicht gebaut. So etwas

nennt man Zivilisationsfolgen. Deshalb geht der Wessi oft unruhig in seinem Büro auf und ab – nun weißt du auch, warum das Büro des Wessis so groß sein muss – und spricht sehr gern über seinen bevorstehenden, wenngleich noch einigermaßen fernen Stuhlgang: Wie er es machen will, dass er dabei Konsalik liest oder Tagesspiegel usw. Er braucht dazu eine Packung übelriechender Früchtewürfel und eine halbe Tasse Klosterfrau Melissengeist, die er etwa einen Tag vor dem beabsichtigten Ereignis einnehmen muss. Du kannst dir vorstellen, Liebling, dass dem Wessi da ganz schön was im Wanste rumgeht. Deshalb hat er eine dezente Kultur des Flatulierens im öffentlichen Raum entwickelt, von der wir etwas direkten und lärmenden Ossis nur lernen können. Dessen ungeachtet steht ihm das Blähgas oft im Gesicht geschrieben. Kennst du beispielsweise Volker Rühe? Oder Erich Böhme? Oder Rudolf Seiters? Oder Wolfgang Gerhard? Na, scheißegal.

Scheiße sagt man nicht, ich weiß. Es ist gut, dass du dir das abgewöhnt hast, mein Schatz, Mama freut sich ganz doll darüber. Und auch mit dem Töten muß man sehr vorsichtig sein. Ein, zwei Mal wurden im Osten Wessis mit Bierflaschen oder Wagenhebern oder Vibratoren erschlagen, über deren Verwendung am Anfang noch Unklarheit herrschte. Das war aber jedesmal mit Blutvergießen verbunden.

Aber ist denn das richtig, Mama?

Nein, es ist falsch, mein kleiner Hosenscheißer, grundfalsch. Gewalt ist nie eine Lösung – der Wessi ist rein zahlenmäßig doch sehr verbreitet. Außerdem ist Hass bekanntlich kein guter Lehrmeister. Wir sollten vielmehr weiter fleißig Waffen sammeln, Lagepläne öffentlicher Gebäude anlegen, die Feuermelder von Rundfunkzentralen beschädigen, schlechte Witze und böse Gerüchte über die Wessis erzählen und dafür sorgen, dass viele junge Ossis bei der Bahn, der Polizei, in Kraftwerken, auf Flugplätzen, in der Gauck-Behörde, beim Verfassungsschutz, in der Bundesdruckerei und im Bundeskanzleramt unterkommen. Kurz – wir sollten die friedliche revolutionäre Kleinarbeit fortsetzen, die seit 10 Jahren unser Leben so glücklich erfüllt.

Das geloben wir. Du wolltest mir noch mein Pioniertuch bügeln, Mama.

Das mache ich auch noch – doch jetzt, mein Liebling, ist aber genug gefragt! Schau nur, unser liebes DDR-Sandmänchen ist immer noch subversiv aktiv und hat dir Sand in deine Äuglein gestreut!

Wir wollen nun nicht länger über den Wessi reden, sonst träumst du noch von ihm und weinst ganz schrecklich in der Nacht oder pullerst ein. Das kannst du dann nicht auf die Deutsche Einheit schieben.
Bedenke auch: Es gibt auch viel Schönes in unserer kleinen Welt – das MDR-Fernsehn, das Arbeitsamt, wo deine Mama alle vierzehn Tage zu Gast sein darf, Gasdruckpistolen und den Dr. Oetker-Zupfkuchen. Alles das haben wir nur dem Wessi zu verdanken, das wollen wir mal nicht vergessen, gell?

Du meinst, er hat in seiner kapitalistischen Sozialisation eine durchaus ambivalente Persönlichkeitsstruktur herausgebildet?

Schöner hätte ich es nicht fabulieren können, Herzchen.

Und soll der Peter Rottach-Egern morgen nun Klassenkeile kriegen oder nicht?

Morgen? Was fragst du mich, das hängt doch von deinem Stundenplan ab – wenn ihr vor dem Schwimmen wieder eine Klappstunde habt ...
Aber denk daran, mein süßer Springinsfeld, wir müssen vor allem die Mauer in den Köpfen niederreißen.

Im Kopf von Rottach-Egern auch?

Na, von dem rede ich doch, mein Häschen!

Mutter, so offen hat noch nie eine Mutter mit mir gesprochen. Wollen wir nicht morgen Abend wieder über den Wessi plaudern?

Nein, sieben Mal war ausgemacht! Und so viel ist an dem Typ nun auch wieder nicht dran. Außerdem hat deine liebe Mama morgen in der »Stumpfen Ecke« ein Rendezvous mit einem sehr netten Herrn aus Hamburg.

Liegt das im Westen?

Ja, du Schlauberger. Oder denkst du, ich setze mich mit einem Herrn zum Weine, der keine Kohle hat? Wir werden uns erst bis zum Eichstrich betrinken ...

Und dann?

Und dann, und dann! Dann nehme ich ihn mit nach oben, wie immer, seit dein Vater, dieser – na, du weißt schon, uns verlassen hat.

Und dann?

Keine Ahnung, was wir dann machen, Schatz! Was meinst du denn?

Dann schleifen wir ihn, bis ihm die Eier funkeln, ja, Mama? Oder musst du morgen früh raus?

Nein, ich muss nicht früh raus. Ich kann liegen bleiben. Und das habe ich auch dem Wessi zu verdanken.
Gute Nacht, Schatz. Und Hände auf die Bettdecke!

Gute Nacht! Und: Danke, dass es dich gibt!

Ende

(Bitte beachten Sie nebenstehende Anzeige!)

ANZEIGE

Traurig, aber wahr: Der deutsche Bürger ostdeutscher Herkunft ist noch immer nicht fit für Marktwirtschaft und Rechtsstaat. Ist er überhaupt demokratiefähig, wenn er schon nicht dankbar ist? Weder dicke Solidaritätsbeiträge noch die Arbeit aufopfernder Entwicklungshelfer oder das leuchtende Beispiel freiheitlich-demokratischer Gesinnung konnten ihn auf die Stufe der modernen Zivilisation heben. Weiterhin will er seine Nudeln mit den Fingern mampfen, kann nicht zwischen meiner und deiner Zahnbürste unterscheiden und geht in die Kaufhalle hamstern, statt in die Boutique shoppen. Ist sein Traumberuf noch immer Staatsbürgerkundelehrer, sein Hobby die Kampfgruppe? Will er seine Kinder auf Topfbänke setzen und von der Sowjetunion siegen lernen? Gilt seine heimliche Sehnsucht pappigen Brötchen und FDGB-Urlaub?

Lesen Sie zu diesem Thema Thomas Wieczoreks packende Aufklärungsschrift **»Papa, was ist ein Ossi?«** Die ist güüünstig zu haben, Sie müssen das vorliegende Buch nur drehen und mit dem Lesen wieder von vorn beginnen.

Papa, was ist ein Ossi?

Thomas Wieczorek

PAPA, WAS IST EIN OSSI?

*Ein Dreh-
und Wendebuch*

Eulenspiegel Verlag

Ähnlichkeiten mit Personen, Ereignissen und Stimmungen sind, mögen sie vom Autor beabsichtigt oder ihm unterlaufen sein, unleugbar.

ISBN 3-359-00986-X

Verlagsgesellschaft mbH & Co. KG
Rosa-Luxemburg-Str. 39, 10178 Berlin
Umschlagentwurf: Erich Rauschenbach
Druck und Bindung:
Salzland Druck Staßfurt

Vater-Tochter-Gespräche gehören nach dem Hilfeschrei beim Wohnungsbrand und der kalten Dusche zu den ältesten Ritualen der Menschheit, besonders der Wessis. Dabei ist die Tochter meist die Fragende und der Vater der Wissende (daher »Besserwessi«). Zwar bittet zuweilen auch der Senior die Filia um Schließung einer Bildungslücke, zum Beispiel: »Wo kommst du früh um halb fünf überhaupt her?«, »Bist du sicher, dass Ali seine Lederjacke nicht wiedererkennt?« oder »Weißt du zufällig, wer den Hunni aus meinem Portemonnaie genommen hat?« Normalerweise aber will das Ei vom Hahn etwas wissen.
In den Sechzigern: »Wie schließt man eine Harley Davidson kurz?«
In den Siebzigern: »Darf ein Pazifist Sahne schlagen?«
In den Achtzigern: »Hast du irgendwo mein Dope gesehen?«
Seit der Vereinigung Ost-West – auch »Okkupation«, »Befreiung«, »Beitritt« oder »Übernahme« genannt, treibt eine Jung-Wessi wie Anita (die auch Steffi nach Graf, Diana nach Spencer oder seltener Carolin nach Reiber heißen könnte) vor allem eine Frage um: *Papa, was ist ein Ossi?*

Anita soll für die Schule einen Aufsatz »Meine Mitschüler aus der ehemaligen DDR« schreiben. Lustlos sitzt sie vor ihrem PC und malt Männchen.

Papa, wo kommen die Ossis überhaupt her?

Ganz früher hatten wir in Deutschland keine Ossis und Wessis, sondern nur Wessis. Dann gab es einen Krieg, und da alle gegen uns waren und unsere Armee den Fehler gemacht hat, gegen alle auf einmal zu kämpfen, anstatt sie einzeln fertig zu machen, haben wir verloren. Aus Rache haben sie uns die ganzen Ostgebiete weggenommen, Schlesien, Preußen, das Sudetenland und auch die fünf neuen Länder. Deshalb waren die Ossis seit 1945 eine russische Kolonie. Die Russen aber sind seltsame Menschen: Sie saufen eimerweise Wodka schon zum Frühstück, wie du an Jelzin ja siehst. Sie arbeiten nicht, sondern holen sich alles aus ihren Kolonien oder durch Kredite aus dem Westen. Was einen zivilisierten Menschen auszeichnet, ist den Russen fremd. Und da fast alle Ossis unter deren Herrschaft groß geworden sind, ähneln sie denen ziemlich. Dafür können sie natürlich nichts, und außerdem sind sie unsere Brüder und Schwestern. Das hat nichts mit Politik zu tun,

sondern mit den Rassen, die der liebe Gott gemacht hat. Deshalb sind auch viele Rumänen oder Ukrainer Volksdeutsche, obwohl sie kein Wort deutsch sprechen und völlig andere Vorstellungen von Sauberkeit und Ordnung haben als wir.

Aber die Ossis in meiner Klasse sprechen deutsch!

Naja, aber sicher kein perfektes Deutsch, nur so, dass man sie halbwegs versteht. Schließlich wurden sie ja durch Westfernsehen und Verwandtenbesuche auf dem Laufenden gehalten. Von daher wussten sie auch wenigstens ungefähr, was Kaffeebohnen, Bananen und Videorecorder sind, ohne dass sie es selbst hätten herstellen oder kaufen können.

Und das Land der Ossis hieß DDR?

Eigentlich ja Ostzone, aber um des lieben Friedens willen hatten wir nichts dagegen. Sie hatten inzwischen eine Mauer gebaut, damit niemand in den Goldenen Westen türmen konnte, und wer es trotzdem versuchte, wurde umgelegt. Wir, im Westen, ackerten wie die Blöden und bauten alles noch schöner auf als vorher. Die Ossis aber drehten Däumchen in ihren volkseigenen Betrieben und soffen mit den Russen und Polen um die Wette. Wir haben sie all die Jahre großzügig mit West-

paketen versorgt, in die wir lebenswichtige Dinge gepackt haben – wie Dr. Oetker Backpulver, Weißer Riese und Aldi-Schokolade. Und Geld haben sie auch gekriegt. Millionen wurden denen in den Rachen geworfen, Millionen! Weil es ja unsere Brüder und Schwestern sind und wir sie nicht hängenlassen wollten. Schließlich wussten wir doch, eines Tages würde der Russe schlapp machen und seine Wirtschaft zusammen brechen. 1989 war es dann soweit: Wir kauften den Russen die ganze DDR ab und nahmen sie in unseren Staat auf.

Ich dachte, die Ossis haben eine Revolution gemacht?

Wie kommst du denn darauf?

Na, weil im Fernsehen jetzt jeden Tag sone Comedy-Show läuft, heißt »Komik der Wende«, in der sie Ossis zeigen, die »Woohnsinn, Woohnsinn« brüllend die Straße lang laufen oder irgendwelchen Reportern erzählen, wie man vierzig Jahre ohne Essen und Trinken überlebt. Und wenn die komischen Szenen vorbei sind, werden immer Leute befragt. Die sagen dann, das war unsere friedliche Revolution.

Nun ja, einige Ossis haben uns natürlich beim Sturz von Honecker unterstützt. Das waren die

Bürgerrechtler wie zum Beispiel Wolfgang Thierse oder Angela Merkel.

Das ist die mit der ätzenden Frisur?

Das sind doch Ossis, und da laufen alle so rum. Außerdem waren bei der friedlichen Revolution auch schick gestylte Promis dabei wie Lars Riedel, Dagmar Frederic, Henry Maske, Kai Plaume ...

Kai Pflaume? Ist der denn schon so alt?

Dann war es eben sein Vater. Jedenfalls haben die alle unsere Demokratie schon sehr gut erlernt. Die meisten Ossis aber sind durch ihre kommunistische Diktatur dermaßen verblendet und irregeführt, dass sie nicht richtig wollen. Das heißt, sie wollten im alten Trott weiter wursteln, aber unsere gute D-Mark und unser schönes Leben haben. Wir müssen ihnen eben erst noch beibringen, dass man nicht andere für sich arbeiten lässt. Denken die vielleicht, hier wird jemand durchgefüttert? Aber mit ein bisschen Geduld und Stück für Stück, wenn wir sie uns einzeln vornehmen, kriegen wir hin, dass sie richtig arbeiten und Demokratie begreifen.

Papa, hast du nicht immer gesagt, das ganze Übel fängt schon bei der Erziehung der Ossis an?

Na, das ist auch so. Stell dir vor, während deine liebe Mutti immer für dich da ist und dein lieber Papi rund um die Uhr die Kohle ranschafft, wurde das Ossi-Kind, kaum dass es geboren war, in die staatliche Kinderkrippe abtransportiert. Da hatten sie keine Spielsachen, höchstens Panzer und Plastiksoldaten, und haben den ganzen Tag nur im Sand rumgewühlt, sich mit Eierpampe beworfen, sich geprügelt und geplärrt.

Die Mütter kümmerten sich einen feuchten Dreck um ihre Kinder und haben sich in ihren Nylonkitteln als Verkäuferinnen in den tristen Kaufhallen rumgetrieben, sind in Gummistiefeln über die Äcker ihrer sogenannten Genossenschaften gekraucht, standen in ihren vergifteten Chemiebuden rum oder haben sich sonstwo ein schönes Leben gemacht. Und wenn's ginge, würden sie es heute noch tun. Aber sich mal um ihre Kinder kümmern, nee! Das haben sie dem Staat überlassen.

Dafür mussten die Kleinen dann kollektiv pinkeln, kollektiv essen, kollektiv spazieren gehen, kollektiv Geburtstag feiern – nee, nicht Kindergeburtstag, Geburtstag von Ernst Thälmann ... Wer das ist? Ach, son Hamburger Prolet ... Na, jedenfalls war das alles anders als bei uns, wo deine Mama dir die ersten Schritte und die ersten Worte bei-

brachte, weswegen du auch nicht solche schlimmen Ausdrücke kennst wie Ossi-Kinder.

Was denn zum Beispiel? »Scheiße« und »Arschloch«, wie du es manchmal sagst?

Bei mir ist das was andres. Kinder sagen so etwas nicht.

Aber in der Schule haben sie uns gesagt, die Ossis hätten oft mehr Kinder als die Wessis. Warum haben die sich dann überhaupt welche angeschafft?

Na vielleicht, weil sie nichts anderes zu tun hatten. Was weiß ich denn. Oder weil's für jedes Baby eine Kopfprämie gab. Und weil sie Kindergeld abzocken wollten. Und weil sie jemanden brauchten, an den sie ihre Essensreste verfüttern konnten.

Haben die Ostbabys denn nicht Aletekost fürs Kind gegessen?

Was bildest du dir ein! Und schöne Anziehsachen und prima Spielzeug, wie es die West-Eltern ihren Kindern kaufen, kannten die auch nicht. Keine Barbie-Puppen, keine Lego-Steine, keine Horrorvi... pardon, Disneyvideos, die du gucken kannst, wenn Mama beim Friseur oder Shopping ist.

Die Ossi-Kinder in meiner Klasse erzählen aber, dass ihre Eltern viel mit ihnen spielen!

Na, die müssen ja Zeit haben. Und was werden die schon großartig spielen? Flüchtling und Grenzer oder »Blinde Kuh« in der Wohnung. Aber bei denen steht ja sowieso nur Bruch oder Ikea Sonderangebot rum, und da macht es nichts, wenn was kaputt geht und die Gören nicht pünktlich mit dem Sandmännchen ins Bett kommen.

Du meinst Wolf und Rüffel?

Ja, richtig, das freiheitlich-demokratische Sandmännchen. Das andre ist ja der Ossi-Mist. Eine infantile und autoritäre Gurke ist dieser Kerl, und Vorbild für die Ossis! Genauso stellen sie sich das mit ihren Kindern vor: verpimpelnde Liebe, und wenn's dann nicht so klappt, diktatorische Strenge. Die probieren kein neues Erziehungsmodell aus, suchen keine Beratungsstelle auf, gehen mit ihren Kindern nicht zum Psychiater und gründen auch keine Selbsthilfegruppe. Machen die einfach nicht! Weil wir West-Eltern uns um all das kümmern, seid ihr Wessi-Kinder auch körperlich und geistig kerngesunde Menschen, während die Ossi-Kinder jede Menge Haltungsschäden haben und seelische Krüppel sind.

Papa, dann stimmt es, dass die Ossis ungebildet sind?

Du sollst nicht so voreingenommen fragen! Jedes Volk hat eine andere Bildung. Die Kurden zum Beispiel lernen, wie man mit einem Rasierspiegel ein türkisches Reisebüro in Brand steckt, die Polen können beim Porsche die Wegfahrsperre knacken, und Ossis wissen eine Menge andere Dinge; denn sie sind ja nicht im eigentlichen Sinne dumm. Ossis wissen, wie man ein Stück Dachpappe für den Trabbi zurechtschneidet, wie man aus Kartoffeln Schnaps brennt oder wo es den billigsten bulgarischen Rotwein gibt. Sie wissen auch sämtliche Mitglieder des letzten SED-Zentralkomitees auswendig.

Das ist doch total uninteressant!

Eben. Ossis wissen nur Dinge, die in der heutigen Zivilisation überflüssig sind. Etwa wie man Bettlaken mit dem Waschbrett wäscht, aus Seifenkisten ein Regal zusammenbaut, einen Reifen wechselt oder den Stromzähler auf Null zurückdreht.

Na, verkehrt ist das aber alles nicht, kann doch sogar nützlich sein?

Nützlich kann auch sein zu wissen, wie man ein Schwein schlachtet oder einen Teppichboden verlegt. Aber in unserer modernen Welt braucht man so was nicht mehr, denn dafür hat man seine Leute. Im Gegenteil: Solches Wissen ist verräterisch. Wer zum Beispiel die Nummer seines Anwalts im Kopf hat, ist fast immer ein Krimineller; und wer gut strickt, kann sich keine Jacke leisten, was auf dasselbe hinausläuft.

Und was wissen die Ossis nicht?

Alle wichtigen Dinge: Aus welchen Aktien sich der Dow-Jones-Index zusammensetzt, wann und wo das Grundgesetz verabschiedet wurde ...

Wann und wo war'n das, Papa?

Hattet ihr das etwa noch nicht in der Schule? Die Ossis jedenfalls haben keine Ahnung, wieviel PS Schumis Ferrari hat, wie man im Internet surft und wieviel Gefängnis es für Steuerhinterziehung gibt. Sie wissen ja nicht mal, dass unser Max Schmeling der erste bundesdeutsche Boxweltmeister war, dass Edison die Lampe erfunden hat ...

Das weißt du doch auch nur aus dem Kreuzworträtsel!

Hauptsache, ich weiß es und die Ossis nicht.

Waren denn die Schulen der Ossis anders als unsere?

Kein Vergleich, wo denkst du hin. Von der Topfbank auf die Schulbank – ein gerader Weg. Von staatstreuen Krippentanten zu staatssicherheitergebenen Lehrern. Statt Lehrstoff Erfolgsberichte nachbeten und Kampflieder singen, statt Meinungsäußerung die zehn Gebote der sozialistischen Moral pauken, statt Geographie die Länder des sozialistischen Weltsystems aufsagen. Statt Englisch Russisch: Towarisch, Kalaschnikow, Bolschewiki, Kasatschok.

Kasa- was?

Kasatschok ist Hip-Hop für Bauerntölpel. Außerdem mussten die Ossis vor allem das lernen, wofür ein verfassungsmäßig erzogenes Kind den Hosenboden voll kriegt.

Die Lehrerin mit dem Baseballschläger schlagen?

Das nun nicht gerade. Baseball kannten die ja gar nicht. Aber sie lernten, wie man marschiert, auf westliche Soldaten und eigene Flüchtlinge schießt und wie man die Nachbarn bei der Polizei anschwärzt. Rechnen, Lesen und Schreiben war bei denen die reinste Nebensache.

Aber Papa, da haben doch auch welche Abitur!

Dieser zwölfjährige Kurzlehrgang wird doch bei uns gar nicht anerkannt. Bei unserer dreizehnjährigen Schulzeit dagegen ...

Wenn du 1970 eingeschult wurdest und 1985 Abi gemacht hast, sind das aber ...

Ich war eben besonders gründlich. Und humanistische Gymnasien, wo man mit Latein und Griechisch erst zum vollwertigen Menschen erzogen wird, gabs bei denen gar nicht.

Danke, Papi, du weißt so gut Bescheid. Jetzt kann ich meinen Aufsatz schreiben. Die werden aber staunen, die Ossis in meiner Klasse.

Anitas Lehrerin hat Mandy, eine Schülerin aus dem Osten, gelobt, weil sie so viel liest. Anita neigt dieser Tätigkeit weniger zu, beneidet aber Mandy um das Lob.

Papa, es stimmt doch nicht, dass die Ossis viel lesen?

Doch. Fragt sich nur, was! Reiseprospekte, Versandhauskataloge, Schnäppchenhinweise, Ratgeber für Arbeitslose und andere Sozialschmarotzer ... eben alles, was es umsonst gibt und wo viel Bilder drin sind.

Und Zeitungen?

Die wenigen halbwegs gebildeten Ossis, die im Westen lesen und schreiben gelernt haben, lesen »Bild«, »Neue Revue« oder »Bunte«. Das reicht natürlich nicht für einen gebildeten Menschen, aber für Ossis ist es genug. Doch sogar das sind rühmliche Ausnahmen. So was wie unsereins, der sich täglich durch »Focus«, »Welt«, »Handelsblatt« oder »FAZ« informiert, findest du unter denen nicht!

Da passt du beim Lesen aber immer schön auf, Papa. Mama sagt, die Zeitungen sehen immer so

neu aus, dass man sie glatt weiter verkaufen könnte.

Lenk nicht vom Thema ab. Die weitaus meisten Ossis setzen sich abends in einen Halbkreis, singen die Internationale, und einer liest aus alten Exemplaren des »Neuen Deutschland«, aus den Schulungsprogrammen der SED oder aus den Werken von Stalin und Honecker vor.

Stalin? Wer ist das denn schon wieder?

Stalin war so ein versoffener Russe aus Georgien, er hat Millionen Menschen umgebracht und den Weltkrieg angefangen. Leider hat ihm unser damaliger Führer Adolf Hitler in seiner Gutgläubigkeit dabei geholfen. Zum Dank hat Stalin uns dann überfallen, sich auf die Seite der anderen geschlagen und dafür die fünf neuen Länder gekriegt.

Ich denke, Hitler war ein Verbrecher?

Das schon, aber Stalin war viel schlimmer.

Und Honecker?

Der war im Grunde genommen auch schlimmer als Hitler. Während nämlich Hitler den Deutschen Arbeit und Brot gab, die Autobahnen baute und den VW einführte, hat Honecker die Straßen ver-

rotten lassen, alle Autos außer dem Trabbi verboten und seinen Leuten nicht mal erlaubt, ins KaDeWe shoppen zu gehen.

Und das wissen die Ossis alles nicht? Kucken die denn kein Fernsehen?

»Tagesschau« und »Heute« nicht, noch nicht mal die Werbung, die doch ihren Wohlstand am besten dokumentiert. Die ziehen sich nur die »Aktuelle Kamera« und den »Schwarzen Kanal« von vor zwanzig Jahren rein. Dann gucken sie noch ihre langweiligen Ost-Krimis und geschmacklosen Shows von früher und lieben alte Russenfilme. So kann man ja die Wahrheit über unser Land und die Welt gar nicht erfahren, vor allem nicht über die blühenden Landschaften.

Und was ist nun mit dem Lesen? Wenn sie schon keine Zeitung lesen, dann vielleicht Romane?

Richtige Romane waren ihnen ja vor dem Fall der Mauer nicht zugänglich. Aber danach haben sie sich auf Konsalik, Simmel oder Stephen King gestürzt. Es gibt auch welche, die versuchen sich an Wolf, Heym oder Böll, kapieren aber das meiste zum Glück erst gar nicht.

Und Wessis kapieren das?

Wessis lesen viel anspruchsvollere Sachen: Günter Grass, Thomas Mann, Joseph Dürrenmatt, Friedrich Eichendorff ...

Papa, heißen die nicht Friedrich Dürrenmatt und Joseph Eichendorff?

Gut aufgepasst. War nur ein Test. Wir lesen Shakespeare und Hemingway im Original ...

... und Paul Breitner, Alfred Biolek, Marquis de Sade ...

Das hat Dr. König bei mir liegen lassen. Tatsache ist: Wir lesen viel und Anspruchsvolles, während die Ossis einfach alles lesen , was ihnen in die Finger kommt.

Ach, deswegen stehen bei denen oft so viele Bücher herum?

Die haben sie fast immer von Wessis geschenkt bekommen oder zum Angeben vom Trödler gekauft. Meist passen sie aber farblich nicht mal zur Schrankwand.

Stammen nicht viele Kulturschaffende aus dem Osten?

Wo hast du denn dieses Ossi-Wort her? Ist dein Lehrer überhaupt schon entstasifiziert?

Ich meinte doch Leute wie Fontane, Kleist oder Bach ...

Fontane kommt aus dem Havelland, also aus dem heutigen Spandau, Kleist aus Hessen, nämlich aus Frankfurt ...

Ja, aber Frankfurt/Oder ...

Dafür kommen Schiller, Heine, Hera Lind und alle anderen aus dem Westen.

Und Bach?

Christina Bach ist tatsächlich aus dem Osten. Da siehst du, dass es sogar eine Ossi-Sängerin zu etwas bringen kann, wenn sie ihre Karriere den Wessis anvertraut.

Dann gibt es also auch gute Künstler aus dem Osten?

Einige wenige schon: Carmen Nebel, Ingo Dubinski, Achim Mentzel, Wolfgang Lippert ...

... Manfred Krug, Wolfgang Stumph, Gisela May ...

Nee, die sind nur paar mal in der Zone aufgetreten, wie ja auch Jürgen Drews oder Udo Lindenberg. Nette Geste, damit die da drüben nicht ganz

verblöden. Gute Ostschauspieler sind rarer als gewaschene Zigeuner, aber es gibt sie.

Gewaschene Zigeuner gibt's also doch?

War nur so eine Redewendung. Aber für Ostverhältnisse gute Schauspieler sind zum Beispiel die von »Gute Zeiten schlechte Zeiten« oder »Unter uns«.

Dann kann doch die Ausbildung nicht so schlecht gewesen sein?

Falsch: Diese Talente waren dem stalinistischen Bühnen-Drill nicht ausgesetzt. Das waren durchwegs Kids, die von den Ossiseilschaften als zu blöd fürs Abitur, zu hässlich für Barfrau und zu unbegabt für Schülertheater diffamiert wurden. Zum Glück aber wurden ihre Fähigkeiten durch die Kulturexperten von RTL rechtzeitig erkannt. So ist zu erwarten, dass sie bei entsprechender Schulung bald ihre Texte selber vom Teleprompter ablesen können und nicht mehr von Westberliner Lehrstellenanwärtern synchronisiert werden müssen.

Papa, woran kann ich überhaupt erkennen, ob jemand Kultur hat?

Da braucht man schon eine Menge Erfahrung und

muss genau hingucken. Asia-Kultur zum Beispiel ist, geklaute Zigaretten zu verkaufen oder als Mädchen Geld für etwas zu nehmen, wofür du noch zu klein bist. Afrokultur ist, Stammeskriege zu führen, dann zu uns zu flüchten und sich mit unseren Jugendlichen anzulegen, Balkankultur ist, in den Hausflur Pipi zu machen und nachts im Park alte Omas zu überfallen. Du merkst schon, dass das alles keine richtige Kultur ist, was die anderen haben. Die haben also keine Kultur, wie wir sagen.

Und die Ossis? Haben die Kultur?

Das ist nicht so einfach. Schließlich stammen die Ossis wie wir von den Indogermanen ab. Aber sie haben sich im Laufe der Jahre immer mehr mit den Balkanvölkern vermischt und ihre Sitten und Gebräuche angenommen.

Ach, dann sind sie so gastfreundlich?

Früher tischten sie auf und lockten die Wessis zu sich nach Hause, weil sie auf Gastgeschenke wie Kaffee, Bananen oder Nylonstrümpfe spekulierten. Heute erwarten sie CDs, Blumen oder andere sogenannte »kleine Aufmerksamkeiten«.

Können sie sich das nicht selbst kaufen?

Und ob, bei unseren astronomischen Solidarbeiträgen! Um so sonderbarer ist ja die Schnorrerei. Vor allem aber suchen sie einen Vorwand für Gegenbesuche, bei denen sie sich dann bei uns einnisten, sich mit unserem Kaviar vollfressen und mit unserem Schampus volllaufen lassen und von unserem Handy ohne Ende Auslandsgespräche führen.

Und deshalb haben sie keine Kultur?

Nicht nur deswegen. Sieh mal, es ist dir beispielsweise doch bestimmt schon aufgefallen, dass alle Ossis bei Aldi kaufen – und sogar am helllichten Tag. Die schämen sich nicht deswegen. Das weist doch schon auf einen bestimmten kulturellen Stand hin. Eigentlich ist es ja nichts Verwerfliches. Sogar Mutti holt manchmal eine Flasche Wein, wenn die richtigen Läden schon zu haben. Die Ossis aber kaufen alles dort, weil sie nichts anderes kennen.

Hatten die früher keine anderen Läden, keinen Fleischer, Bäcker und Tante-Emma-Laden?

Eigentlich schon, aber da gab's nie was zu kaufen, weil die Bäcker kein Mehl, die Fleischer keine Rinder, Schweine und Hühner und die anderen Geschäfte auch nichts hatten. Deshalb machten die

Ladenbesitzer meistens schon morgens dicht und gingen einen trinken.

Mussten die Leute alles im Supermarkt kaufen?

Alles ist gut. In jeder Stadt gab's nur einen mickrigen Abklatsch unserer mitteleuropäischen Supermärkte, die »Kaufhalle«. Dort hatten sie nur angegammelte und minderwertige Lebensmittel, und auch die nur einmal in der Woche. Deshalb waren vor der Kaufhalle auch immer riesige Warteschlangen ... so lange Schlangen, wie du im Fernsehen vor der Essensausgabe in afrikanischen Flüchtlingslagern siehst.

Und deswegen rennen die Ossis jetzt alle zu Aldi?

Nicht alle. Weil es in der parlamentarischen Demokratie jede Menge Supermärkte gibt, kucken die Ossis überall mal rein. Sie haben eine bestimmte Rangordnung. Ganz unten steht Aldi, darüber kommt Edeka, darüber Penny und Extra und ganz oben Reichelt. Dabei sind die Tragetaschen für sie das Entscheidende. Ganz raffinierte Ossis kaufen zum Beispiel bei Kaiser's nur einen Brühwürfel, um an die schönen bedruckten Tüten heranzukommen und dann damit vorzutäuschen, sie würden ständig dort einkaufen. Am begehrtesten aber sind die Tragetaschen von Edelboutiquen. Neulich

soll einer mit seinem Trabbi nach Paris gefahren sein, um eine Originaltüte von Lagerfeld abzugreifen. Obwohl es Lagerfeld-Klamotten längst auch bei Otto gibt.

Im Versandhaus kaufen doch aber die meisten ein?

Kaufen ist gut! Sie bestellen. Das ist es ja: Einige lassen sich zum Beispiel von Quelle Einbauküchen, Schrankwände, PCs und Hifi-Anlagen für 30 000 Mark liefern, und wenn die 1. Rate fällig ist, sind sie schon heimlich umgezogen – »unbekannt verzogen«. Dann machen sie dasselbe mit Neckermann und Bauer, verkaufen alles und setzen sich mit dem Geld unter falschem Namen ins Ausland ab.

Ach Papa, das kann ich nicht glauben. Sind etwa alle Ossis Betrüger?

Nein, um Himmels willen. Die allermeisten bezahlen natürlich. Aber es fällt dem Ossi schwer, sich in unserer schönen Warenwelt zu orientieren. Die schöne Werbung, die alle zwei Minuten dein »Gute Zeiten schlechte Zeiten« und unseren »Kommissar Rex« unterbricht, um uns über die vielen tollen neuen Sachen zu berichten, zappen die Ossis weg. Oder kapieren sie nicht.

Was ist denn daran groß zu kapieren, dass ein Junge jedes Mädchen kriegt, wenn er Duplo anbietet?

Klappt das bei dir auch?

Quatsch. Erst das Abi, dann das Studium, dann die Jungs.

Na siehst du. Man muss also bei der Werbung immer wissen, wie sie gemeint ist und dass die Beispiele übertrieben sind. Aber die Ossis glauben der Werbung jedes Wort und fallen ständig darauf rein. Und weil manche Firmen deshalb auch ihre miesen und zu teuren Produkte loswerden, haben sie keinen Grund, irgendwas zu verbessern, im Gegenteil. Mama ist doch letzte Woche von dem neuen Bratentopf der Henkel abgebrochen. Das wäre vor der Einheit nie passiert. Jetzt aber kann die Firma sich das erlauben, weil die Ossis den Henkel wieder ankleben und weiter Töpfe dieser Firma kaufen.

Ach so, die Ossis kaufen das minderwertige Zeug, was keiner will?

Nicht nur. Seit der Wende gibt es auch im Osten ganz passable Produkte zu kaufen, einige werden sogar dort hergestellt. Die Ossis kaufen alles auf,

was nach Schnäppchen aussieht und horten es, weil sie denken, so was kriegen sie nie wieder. Wenn zum Beispiel bei Hertie Skistiefel, Abendkleider, Schlipse und Baseball-Mützen im Sonderangebot sind, dann ziehen Sie alles zusammen an und wundern sich, dass man sich nach ihnen umdreht und sie nirgendwo reinlässt. Und das hat nichts mit Geld zu tun. Das haben die Ossis doch reichlich durch unseren Solidartransfers.

Soli- was?

Naja: Die kriegen Geld von uns geschenkt und werden pampig.

Wieso kriegen sie Geld von uns?

Weil das Bundesverfassungsgericht das so entschieden hat ... ich meine, weil das unsere Brüder und Schwestern sind, und da gehört sich das so. Jedenfalls liegt's nicht am Geld, dass sie so scheußlich rumlaufen.

Sondern?

Am fehlenden Stil.

Und was ist Stil?

Stil hat man eben, oder man erfährt es aus modernen Modezeitschriften und Sendungen. Du zum

Beispiel liest regelmäßig »Mädchen« und kuckst »Bravo TV«. Deshalb trägst du auch Jeans von Levis, T-Shirts von Nike, Schuhe von Adidas, und alles passt schön zusammen. Die Ossis aber gehen in grauem Bademantel, braunem Unterhemd und blauen Latschen zum Tanzen oder ins Kino und sehen deshalb wie rumänische Taschendiebe aus. Das sind sie seit Jahrzehnten so gewohnt und können sich nur schwer umstellen. Aber auch das werden sie noch von uns lernen.

Stimmt es, dass man die Ossis daran erkennt, was und wie sie essen?

Ihre Tischmanieren sind besonders merkwürdig. Sie futtern wie besessen drauflos, weil sie Angst haben, man nimmt es ihnen wieder weg oder es gibt so bald nichts mehr. Sie probieren alles durcheinander, Hauptsache, es ist aus dem Westen, auch wenn sie es gar nicht kennen. Anstatt Westdeutsche um Rat zu fragen, den wir ihnen ja gerne geben würden, schlingen sie Krabbensalat, Zwiebelkuchen, Rinderzunge, Brokkoli, Nasi Goreng und Champignon-Omelette querbeet in sich hinein und wundern sich dann, wenn es ihnen nicht bekommt.

Die Ossis, die ich kenne, essen aber langsam.

Das ist dann ihr krankhaftes Misstrauen. Sie warten erst ab, ob den anderen davon schlecht wird. Außerdem essen sie Käsebrötchen, Bockwurst und sogar Hähnchen mit den Fingern. Neulich ging sogar eine Meldung um die Welt, wo eine kultivierte Entwicklungshelferin Ossis zum Essen eingeladen hat, die ihre Lasagne mit den Fingern gegessen haben.

Lasagne? Ist das nicht der versalzene Nudelauflauf mit dem angebrannten Kaugummikäse von neulich?

Jedenfalls solltest du ihnen nach dem Essen besser nicht die Hand geben, damit sie dich nicht vollschmieren. Sie müssen eben noch anständige Manieren lernen.

Was für Manieren denn noch?

Zum Beispiel: nicht mit vollem Mund reden, auf der Straße freundlich grüßen, einer Dame die Tür aufhalten, Blumen ausgepackt überreichen, Kartoffeln nicht mit dem Messer schneiden ...

Willis Vater hat aber gesagt, das ist überholt. Früher hatte das Sinn, weil die Messer da aus Silber waren und angelaufen sind.

Verdammter Klugscheißer. Aber selbst wenn das

so ist, wissen das die Ossis garantiert nicht. Die schneiden die Kartoffeln mit dem Messer – nicht, weil sie so gebildet sind, sondern weil sie keine Manieren haben, basta!

Vater und Tochter sehen eine Fußballübertragung im Fernsehen. Wütend dreht der Vater den Ton ab.

Seit die Ossis mitspielen dürfen, geht der deutsche Fußball den Berg runter!

Aber Papa, ich dachte, die Ossi-Sportler haben was drauf?

In manchen Disziplinen vielleicht, wie alle Entwicklungsländer. Warum sind Kenias Langstreckenläufer so gut? Weil es dort weder Autos noch Taxis gibt. Warum gewinnen immer russische oder asiatische Ringer? Weil es dort keine Amtsgerichte zur gütlichen Einigung gibt.

Dann waren die Ossis im Schwimmen so gut, weil die wenigen Boote von den Ruderern gebraucht wurden?

Werd nicht kiebig. Jedenfalls waren die Ossis alle gedopt.

So wie dieser Zahnpasta-Freak Baumann?

Baumann ist reingelegt worden.

Und die Ossis dopen absichtlich?

So wahr unsere Regierung unbestechlich ist.

Sag das noch mal, Papa!

Lenk nicht ab. Ost-Sport und Doping sind ein und dasselbe Wort.

Verstehe: Deshalb war Jan Ullrich ja auch kurz vor der Dopingkontrolle so sterbenskrank und danach wieder fit.

Ja, eben. Ich meine, neenee, du. Ullrich ist aus Merdingen im Breisgau und hat nur paar Verwandte im Osten wie andere auch. Das beweist doch, dass er clean ist.

Und Sportler wie Witt, Sammer, Kirsten, Jeremies ...

Nun mal der Reihe nach. Witt ist als Tochter von McGyver in Hollywood geboren, Maske ist Luxemburger ...

Sitzt RTL nicht in Köln? Und sagst du nicht selbst, die Kati Witt gehört wegen ihres Sächsisch eingesperrt und war sowieso die Tussi vom Obergangster?

Wie dem auch sei: Die Ossis, die es zu was gebracht haben, die haben das bei uns gelernt.

Auch der Jörg Heinrich seine »Formkrise«, wie du immer sagst?

Nee, das hat er noch aus dem Osten.

Alles klar: Alles Miese ist von früher, und alles Tolle haben sie bei uns gelernt. Sag mal, Papa, stimmt es, dass Ossis krimineller sind als Wessis?

Selbstverständlich. Denn sie haben nie gelernt, sich nach den Spielregeln der Marktwirtschaft zu bewegen.

Was heißt das denn nun wieder?

Bei uns lernt man von klein auf, wie man sich auf ehrliche Art und Weise durchsetzt. Schon im Buddelkasten musst du dir die schönste Kuchenform und den größten Eimer durch Schubsen und Kneifen erkämpfen. Wenn du auf andere Rücksicht nimmst, bist du angeschmiert, denn die anderen nehmen auch keine Rücksicht. Wenn du Klassensprecherin werden willst, musst du deine Gegenkandidatin anschwärzen, sonst gewinnt nämlich die. Wenn es Cola umsonst gibt, musst du dich vordrängeln, sonst kriegst du nichts. Wenn du auf dem Kinderbasar deine Bilder verkaufen willst, musst du dir den besten Platz erschubsen, damit die Leute dir viel abkaufen. Die Ossis kapieren diese gesunde Art, sich selbst zu behaupten, nicht, sind für Steuertricks und subtilere Formen des Geldverdienens zu blöd und hängen noch immer

ihrer kommunistischen Auffassung an, dass nichts einem allein gehört, nicht einmal das Hemd oder die Zahnbürste, kennen also noch immer nicht den Unterschied zwischen »mein« und »dein«. Sie merken also, dass sie auf legalem Weg nichts erreichen, sondern nur durch Raub, Diebstahl oder Banküberfälle zu Reichtum gelangen.

Im Westen gibt's doch auch Verbrecher.

Ja, aber das sind nur Einzeltäter, die immerhin die christlichen Regeln beherzigen. »Jeder ist sich selbst der Nächste« und »Hilf dir selbst, sonst hilft dir keiner.« Die ostdeutschen Gangster dagegen treten in Rudeln auf. Das geht schon bei den Kindern los, die sich Waffen besorgen und ihre Mitschüler und Lehrer terrorisieren. Wessis bewaffnen sich nur, um sich gegen Ausländer und Ossis verteidigen zu können. Und schließlich wissen sie aus ihrer Bundeswehrzeit, wie man mit Waffen umgeht. Deshalb ist auch gar nichts dabei, wenn ein Wessi ein Gewehr oder eine Pistole besitzt. Die Ossis dagegen besorgen sich Maschinengewehre von der Russenmafia und können nicht mal effektiv damit umgehen. Da gibt es ein Beispiel: Ein süddeutscher Junge hat mit dem Gewehr seines Vaters vier Menschen erschossen, und ein Thüringer Junge hat seine Lehrerin erstochen. Der Wes-

si-Junge konnte perfekt mit dem Gewehr umgehen, weil sein Vater ihm das beigebracht hat. Er hat pro Person nur einen Schuss gebraucht. Der Ossi-Junge dagegen hat für eine einzige Person 25 Messerstiche gebraucht. Selbst hieran siehst du, wer produktiver arbeitet. Und du siehst auch, dass der Wessi-Junge ohne fremde Hilfe unterwegs war, während der Ossi von der ganzen Schulklasse angefeuert werden musste. Ich will damit nur sagen, dass die Fähigkeit, mit möglichst wenig Aufwand möglichst viel zu erreichen und sich allein gegen die anderen durchzusetzen nicht nur für das Arbeiten, sondern für alle Bereiche des Lebens gilt.

Papa, sind die Ossis wirklich so ausländerfeindlich?

Ach, weißt du, es ist ja nicht verkehrt, nicht zu vertrauensselig zu sein. Wir wollen ja auch nicht, dass in unserem Bezirk ein Zigeunerzeltplatz gebaut wird und irgendwelche Wohlstandsflüchtlinge bei uns umsonst wohnen und sich vollfressen. Doch wir haben dazu friedliche Bürgerinitiativen und wirksame Gesetze. Und seit einiger Zeit lassen unsere Politiker die meisten Ausländer erst gar nicht zu uns rein, dann brauchen wir sie später auch nicht rauszuprügeln. Außerdem sind wir nicht gegen alle Ausländer. Wir werfen nicht

Roberto Blanco und den Papst mit allen Schwarzen und Osteuropäern in einen Topf. Die Ossis aber hauen auf alles drauf, was nicht aus den Neuen Ländern kommt, zünden Asylantenwohnheime oder die Ausländer selbst an – und das ausgerechnet, wenn das Fernsehen dabei ist. Dann denken die Leute in der ganzen Welt, die Deutschen wären Nazis, dabei sind es nur die Ossis, die sich derart gehenlassen. Sie bilden sich ein, etwas Besseres als die Ausländer zu sein.

Aber es ist doch kein Mensch besser als der andere, oder wie?

Nein, nein. Der liebe Gott und das Grundgesetz sagen, dass alle Menschen gleich sind, egal ob arm oder reich, dämlich oder klug, verlogen oder ehrlich, faul oder fleißig, schwarz oder weiß, Ossi oder Wessi. Aber bestimmte Eigenschaften hat der liebe Gott eben besonders an Türken und Thüringer verteilt.

Vater und Tochter sehen eine Politiker-Talk-Runde im Fernsehen. Anita hört aufmerksam zu.

Papa, was heißt eigentlich, die Ossis müssen die Demokratie erst lernen?

Naja, Sie können sie eben noch nicht.

Mensch, Papa! Was genau können denn die Ossis nicht?

In der Demokratie darf und muss man sich frei entscheiden. Wenn wir zum Beispiel im Frühjahr auf die Malediven, im Sommer nach Kalifornien und im Winter nach Arosa wollen, dann machen wir das, während die Ossis immer nur in den Spreewald, nach Ungarn oder ans Schwarze Meer verreisen, wo sie dann mit unserer D-Mark den dicken Maxe markieren und mit Rumäninnen rummachen.

Nach Übersee fahren ist also Demokratie?

Wenigstens heißt Reisefreiheit, außerhalb des Ostblocks zu verreisen. Das einzige, was die Ossis kennen, ist Mallorca. Da liegen sie nur faul am Strand, saufen abends die Kneipen leer, pöbeln die Eingeborenen an und stören die Nachtruhe. Sie beneh-

men sich wie die letzten Zigeuner, und auf uns Deutsche fällt das alles zurück. Dabei sehen wir uns im Urlaub immer die schönen Landschaften, Kirchen, Theater und Museen an, so dass wir viel gebildeter zurückkommen, als wir vorher ohnehin schon waren.

Aber in Rimini waren wir doch auch den ganzen Tag nur am Strand!

Weil es dort keine Kirchen oder Sehenswürdigkeiten gibt und die Landschaft an der Adria eh überall gleich ist.

Also müssen die Ossis nur demokratisch verreisen lernen?

Blödsinn. In der Demokratie muss man auch die Marktwirtschaft können, und ohne Marktwirtschaft gibt's keine Demokratie.

Jeder redet ständig von Marktwirtschaft, und keiner kann es richtig erklären. Was ist Marktwirtschaft? Und was können die Ossis daran nicht?

Die Ossis hatten früher Planwirtschaft. Da hat die Regierung alles bis ins letzte Fitzelchen vorgeschrieben und zugeteilt. So gab von allen Lebensmitteln nur eine einzige Sorte, und die scheußli-

cher als unsere schlechteste. Sie hatten auch nur einen Käse, nur eine Wurst ...

Aber Papa, du willst doch nicht sagen, die hatten nur Harzer und Jagdwurst? Und Schmierkäse und Salami haben sie von den Wessis geschickt gekriegt?

Wenn ihn nicht die Vopos an der Grenze aufgefressen haben. Für die Kids gab's zum Beispiel statt Cola und BigMac und Fruchtzwege nur Himbeersirup, Labberbrötchen und Griesbrei und statt Levis-Jeans und Adidas-Schuhen nur Latzhosen und Latschen aus der Altkleidersammlung. So war es auch mit sämtlichen anderen Sachen. Ihre Möbel sahen aus wie Apfelsinenkisten oder ausgehöhlte Baumstämme, Kühlschränke und Fernseher hatten sie einen pro Häuserblock, und Geschirrspüler oder Videorecorder hielten sie für Science Fiction. Die Bonzen konnten allerdings in einigen wenigen Läden Camembert oder sogar Schinken kaufen. Die haben wie die Made im Speck gelebt, und das Volk musste Not und Hunger leiden.

Wieso waren die denn so schlecht zu den Leuten?

Weil der Kommunismus das Reich des Bösen war. Das Grundübel aber war, dass niemand etwas eige-

nes besaß, nicht mal eine Zahnbürste oder eine Fabrik. Deshalb fühlte sich niemand für irgendwas verantwortlich. Weil es zum Beispiel keine Hausbesitzer gab, vergammelten die Häuser, und die kannten fast nur Wohnungen mit Klo auf dem Hof. Mutige Unternehmer waren streng verboten, auch durfte niemand mehr als 100 Mark Westgeld besitzen. Und es gab sowieso keine Banken, die ihnen Geld hätten pumpen können, um Arbeitsplätze zu schaffen. Außerdem hatte ja niemand Lust, für den Staat zu arbeiten. Auch deshalb waren Ossis verständlicherweise ausgesprochen arbeitsunlustig.

Aber jetzt für eine Aktiengesellschaft, einen Millionär oder sonsteinen Chef zu arbeiten haben sie Lust?

Leider auch nicht, denn Arbeitsmoral kann man ja nicht von heute auf morgen lernen. Immerhin waren sie vierzig Jahre lang ein Teil des Balkans; und was diese Brüder unter Arbeit verstehen, brauche ich wohl nicht zu erklären. Unsere Arbeitnehmer haben schon in der Schule gelernt und wissen aus Erfahrung, dass der Fabrikbesitzer sich vom Tellerwäscher hochgearbeitet und sich mit Eigeninitiative und unermüdlicher, aufopfernder Arbeit alles redlich verdient hat. Außerdem sehen sie ja, dass der Chef nichts für sich behält, sondern

von dem Geld neue Maschinen kauft, neue Arbeiter einstellt und Betriebsausflüge spendiert. Deshalb verzichten die Arbeiter auch freiwillig auf einen Teil ihres Lohnes, wenn der Unternehmer in der Klemme ist, ob es nun an Ölkrise, Krieg oder unvernünftigen Lohnabschlüssen liegt. Bei uns im Westen halten eben alle zusammen: Arbeiter und Unternehmer, Arme und Reiche, Kluge und Dumme, wobei dumm bei uns verglichen mit anderen noch relativ klug ist.

Ich dachte, gerade bei den Ossis halten die Leute besonders zusammen?

Das ist was anderes: Was die Ossis eint, ist der Neid auf uns, die Unlust zu arbeiten, die Unfähigkeit sich durchzusetzen, der Mangel an Ideen. Aber so wird man eben, wenn man lange im Kommunismus gelebt hat. Deshalb sind sie als Arbeitskräfte auch nicht gerade sehr gefragt. Die Ossis arbeiten eben nicht produktiv genug.

Produktiv klingt aber cool. Was is'n das?

Produktiv ist, wieviel Zeit oder Leute man für ein und dieselbe Arbeit braucht. Wenn ich zum Beispiel sage, in zwei Stunden hast du dein Zimmer aufgeräumt ...

Schon wieder? Ich hab doch gerade erst ...

Das ist nur ein Beispiel: Wenn du also fünf Stunden brauchst, und Karin, Lisa und Petra helfen dir ...

Petra hat sich doch den Arm gebrochen ...

Dann eben Anja. Wenn ihr zu viert fünf Stunden braucht, dann ist das unproduktiv.

Aber dafür gründlich ...

Mach mich nicht schwach! Wenn du aber allein aufräumst und nur eine Stunde brauchst, dann ist das produktiv.

Und was hat das mit den Arbeitern zu tun?

Mal angenommen, an einer Baustelle müssen 120 Stahlplatten von einen 100 Meter weit entfernten LKW abgeladen werden. Der Wessi nimmt einen Gabelstapler und braucht dafür höchstens fünf Minuten. Die Ossis brauchen zehn Mann. Jeder trägt immer nur eine Stahlplatte und setzt zwischendurch zweimal ab. Nach jedem Gang trinkt er einen Schluck Bier und raucht eine Zigarette. Deshalb brauchen diese zehn Leute alles in allem über zwei Stunden. Anschließend wird eine halbe Stunde Pause gemacht. Überhaupt kommen sie

später und gehen früher, sehen ständig auf die Uhr, erledigen während der Arbeitszeit Privatkram und spielen bei jeder Gelegenheit krank.

So wie Petra mit ihrem gebrochenen Arm?

Vielleicht ist sie ja nur wegen der Mathearbeit vom Rad gefallen. Aber im Ernst: Wenn ich ohnmächtig werde, trinke ich einen Cognac, und dann ist's wieder gut. Bei Grippe trinke ich heiße Zitrone mit Honig, und bei Bauweh und Brechen trinke ich Kamillentee. Da schwänze ich doch nicht die Arbeit, wie die Ossis es tun.

Lieber was trinken als zum Arzt gehen, richtig?

Das hängt alles mit der Arbeitsmoral der Ossis zusammen.

Was ist Arbeitsmoral nun wieder?

Wenn die Ossis ausnahmsweise mal arbeiten, kontrollieren sie lang und breit, ob alle Bestimmungen zur Arbeitssicherheit erfüllt sind, ob die Waschräume gemütlich genug sind und ob der Betriebsrat einverstanden ist. Wenn irgendein Ersatzteil oder Werkzeug fehlt oder wenn sie einen Fehler entdecken, schreiben sie erst einmal einen langen Mängelbericht. Solche Zicken macht ein Wessi natürlich nicht. Wenn der merkt, irgendein

Baugerüst ist locker oder eine Stromleitung ist nicht richtig isoliert, dann macht der kein großes Theater, sondern sagt den Kollegen, sie sollen aufpassen. Apropos aufpassen, wenn man bei den Ossis nicht aufpasst, schleppen die so nach und nach das ganze Werkzeuglager nach Hause. Das haben sie früher so gemacht, nun, und ich habe dir ja schon gesagt, dass die so ihre Probleme haben, zwischen »mein« und »dein« zu unterscheiden. Du musst dir auch vorstellen: Wenn die Werksirene heult, lässt der Ossi unverzüglich die Bohrmaschine fallen, auch wenn sie seinem Kollegen, meist natürlich einem Wessi, der noch weiterarbeiten will, auf den Fuß fällt.

Ach so, dann sind so viele Ossis arbeitslos, weil sie erstens gar nicht arbeiten können, zweitens nicht arbeiten wollen und drittens auch noch miese Typen sind?

Nicht nur, sondern auch, weil sie ihre Rolle in der Marktwirtschaft noch nicht kapiert haben. Bei uns kann jeder seinen Beruf frei wählen. In der DDR wurde jeder zu einem bestimmten Beruf gezwungen. Da konnte es passieren, dass einer, obwohl er nur 50 Kilo wog, als Möbelpacker eingeteilt wurde, einer mit 120 Kilo und Wurstfingern als Feinmechaniker, der beste in der Schule als Straßen-

kehrer, und wer Pferde liebte, musste zur Strafe Pferdeschlächter werden. Deshalb entscheiden sich Ossis auch heute für keinen Beruf, sondern warten, bis sie zum Arbeiten abkommandiert werden. Da sie natürlich niemand abkommandiert, kriegen sie keinen Job, was ihnen auch ganz recht ist.

Aber alle, die ich kenne, wollen doch einen Job oder eine Lehrstelle?!

Na, und wenn du denen eine Lehrstelle anbietest, sind sie sich zu fein dafür. Aber es kommt eben darauf an, was gerade gebraucht wird! Bei der Ausländerpolizei werden noch 500 Vernehmungsexperten gesucht. Die Ossis wollen meistens Staatsbürgerkundelehrer, Stasi-Offizier oder FDJ-Sekretär werden. Da es solche Berufe nicht mehr gibt, sind sie angeschmiert.

Die bei mir in der Klasse wollen aber Arzt, KFZ-Mechaniker, Friseuse oder Sekretärin werden.

Na klar, damit sie sich und ihre Sippschaft krank schreiben können. Und mehr KFZ-Mechaniker als Autos brauchen wir auch nicht, außerdem wollen sogar die Ossis selbst ihre schönen Westautos nicht in einer Ostwerkstatt verhunzen lassen. Friseuse ist auch schlecht, weil die Leute in einem

freien Land nicht alle dieselbe Einheitsfrisur wollen.

Und Sekretärin? Können sie das auch nicht?

Selbst wenn ihre Westkollegin alles auf Fehler kontrollieren würden, sind ostdeutsche Angestellte – ob im Büro oder im Laden – einfach zu unhöflich, weil im Osten die Kunden keine Wahlmöglichkeiten hatten und sich einen pampigen Ton gefallen lassen mussten. Die Westdeutschen sind da viel freundlicher und beraten einen viel besser.

Ist mir noch gar nicht aufgefallen, aber wenn du es sagst ... Jedenfalls scheint das mit der freien Berufswahl nicht so doll zu sein?

Die Ossis machen auch von ihrem Recht auf Freizügigkeit viel zu wenig Gebrauch. Früher haben sie rumgejammert, dass sie ohne Genehmigung nicht mal von Pankow nach Köpenick ziehen durften, und wenn heute zum Beispiel ein Lagerarbeiter in Rosenheim gesucht wird, dann ziert sich der Ossi. Soll die Fabrik vielleicht seinetwegen nach Rostock ziehen?

Aber wenn er eine Frau hat, die in Rostock arbeitet?

Ein Mann sollte nur heiraten, wenn er eine Fami-

lie ernähren kann. Aber so sind die Ossis eben: Den Frauen Flausen in den Kopf setzen, von wegen arbeiten gehen ...

Aber ich will doch später auch arbeiten!

Das kannst du ja dann alles mit deinem Mann besprechen. Aber das ist für die meisten Wessis kein Thema: Sogar unser Bundeskanzler war sich nicht zu schade, aus beruflichen Gründen erst von Hannover nach Bonn und dann weiter nach Berlin umzuziehen.

Also Marktwirtschaft ist, wenn der Mann aus Rostock einen Job in Rosenheim annimmt und seine Frau ihren Job aufgibt und zu Hause bleibt. Und das ist dann auch Demokratie?

Demokratie ist vor allem Rechtsstaatlichkeit, also dass es unabhängige Gerichte gibt. Wenn zum Beispiel einer seine Handwerkerrechnung nicht bezahlt, verklage ich ihn und kriege das Geld.

Wenn der andere aber eine Baufirma hat und pleite ist, bist du in den Arsch gekniffen.

Pfui, so was sagt man nicht, jedenfalls nicht als Mädchen in deinem Alter.

Und wenn du den Vorschuss für den Rechtsanwalt

und den Prozess nicht bezahlen kannst, läuft auch nichts.

Normalerweise kriegst du jedenfalls bei uns dein Recht. Im Osten aber gab es neutrale Gerichte gar nicht. Und wenn der andere bei der Stasi war, hast du sowieso keinen Pfennig gesehen. Anstelle von Gerichten hat immer der Ortsvorsteher der SED entschieden, was richtig ist und wer was und wieviel von wem kriegt. Deshalb gehen die Ossis meist gar nicht vor Gericht, sondern hauen dem andern eins auf die Schnauze.

Aber ich habe neulich in der Zeitung gelesen, dass ein Ossi vor Gericht den Vermieter verklagt hat, weil das Treppenhaus so vergammelt war, dass er sich die Beine gebrochen hat!

Das ist mal wieder typisch Ossi. Jeder normale Mensch passt doch auf, wo er hintritt, nur die Ossis fallen mit Absicht hin und brechen sich was, damit sie nicht arbeiten müssen, weniger Miete zahlen dürfen und obendrein noch ein fettes Schmerzensgeld kassieren können. Das ist aber schamloser Missbrauch unserer Gerichte.

Er hat aber Recht gekriegt!

Sie kriegen ja zum Glück meistens *nicht* Recht.

Wenn der Richter seine Pappenheimer als Ossis erkennt, weiß er gleich, wo der Hase lang läuft. Mal angenommen, die Ossis rücken unsere Immobilie im Spreewald nicht raus ...

Du meinst das Haus von Urgroßtante Klara, von der du bis letzte Woche nicht wusstest, dass es sie überhaupt gibt ...

Ist doch egal. Geerbt ist geerbt. Und selbstverständlich kann auch einer aus Leipzig zum Gericht gehen, wenn er vor der Wende in Hamburg enteignet worden ist.

Also hat Demokratie mit geerbten Häusern zu tun?

Nicht nur, verdammt! Noch wichtiger ist, dass wir immer unsere Meinung sagen können, egal wo und über wen. Im Osten war das streng verboten. Wer die Regierung oder einen von der Partei kritisierte, landete sofort im Gefängnis. Bei uns dagegen kann man alles sagen, wozu man gerade Lust hat.

Aber wenn du zum Beispiel sagen würdest, der Baustadtrat der SPD ist unfähig und bestochen, würdest du doch keine Aufträge kriegen?

Das ist ja auch nicht meine Meinung. Der Baustadtrat ist sehr weitblickend und korrekt.

Wenn du auf die Regierung schimpfen würdest ...

Das tue ich doch manchmal. Nur im Moment haben wir ja insgesamt eine gute Regierung.

Eine Meinung ist doch nur was wert, wenn sie viele Leute mitkriegen. Wenn sie also in der Zeitung steht oder im Fernsehen kommt.

Du kannst ja dorthin schreiben. Es gibt doch jede Menge Leserbriefe und Zuschaueranrufe.

Na klar, wenn ich bei Arabella anrufe und sage, der Typ soll seine Freundin nicht verprügeln, dann kommt das, aber wenn ich sage, die Kernkraftwerke sind gefährlich ...

Sind sie ja gar nicht, und was willst du die Leute in Panik versetzen?

Wenn ein Ossi sagt, die Wessi-Konzerne saugen den Osten aus, kriegt er Ärger im Job und womöglich vor Gericht.

Den Ärger kriegt er nicht wegen seiner Meinung, sondern wegen seiner Faulheit und Unfähigkeit. Außerdem ist das keine Meinungsäußerung, sondern eine Beleidigung und Verleumdung. Und so was ist natürlich bei uns strafbar. Überhaupt ist das mal wieder typisch: Jahrzehntelang nicht den

Mund aufmachen, und jetzt eine große Klappe haben! Es gibt so viele wunderbare Dinge, die sie jetzt im Osten haben: Die neuen Einkaufszentren mit ihren Leuchtreklamen, die vielen Golfplätze, die vielen ausgebesserten Straßen. So etwas könnten sie mal erwähnen. Aber nein, da wird das Recht auf freie Meinungsäußerung dazu missbraucht, uns madig zu machen, die anderen gegen uns aufzuhetzen. Das ist doch in höchstem Maße undankbar.

Ich verstehe immer noch nicht, wieso die Ossis undankbar sein sollen?

Mal angenommen, Oma Frieda schenkt dir eine Uhr für 100 Mark, und du sagst nicht »danke«, sondern: »Ich will aber so eine schöne goldene Uhr wie du.«

Wollen die Ossis deine goldene Uhr?

In gewisser Weise schon. Sie haben doch fast alles, was sie besitzen, nach der Wende von uns geschenkt gekriegt. Die Demokratie, die Reisefreiheit, die Marktwirtschaft. Alles, was im Osten jetzt schön ist, haben sie von uns. Das ist ihnen aber nicht genug. Sie wollen genauso viel Geld, genauso schöne Wohnungen, genauso viel Lohn wie wir. Das werden sie ja auch irgendwann mal haben,

aber doch nicht sofort. Schließlich haben wir uns in 40 Jahren alles hart erarbeitet.

Oma Klara sagt aber, die Firma hat Opa Martin aufgebaut, und du hast nur reich eingeheiratet.

Also so was! Erstens kann von reich keine Rede sein. Zweitens habe ich diesen altmodischen Betrieb erst richtig auf Vordermann gebracht.

Was hat das mit der Undankbarkeit der Ossis zu tun? Die sagen, ihr habt die ganze DDR für einen Appel und ein Ei gekriegt.

Diesen Schrott! Das einzige, was wir brauchen konnten, waren die Zeiss-Werke und zwei, drei andere Klitschen. Und wenn wir die nicht auf Vordermann gebracht hätten, wären sie heute auch nischt mehr wert. Außerdem macht die ganze Ostwirtschaft bis heute so viel Miese, dass sie noch nicht mal Steuern zahlen können.

Aber die Aktienkurse steigen doch!

Dann sollen sich die Ossis doch auch Aktien kaufen anstatt rumzumosern. Wenn ein ehemaliger Ostbetrieb jetzt ein bisschen was abwirft, dann ist das ausschließlich das Verdienst der Wessis. Wenn Petra für ihr verbeultes Rad von Karsten wenigstens noch drei Mark kriegt und Karsten repariert

sich das mühevoll und fährt dann damit rum, kann Petra doch auch nicht eingeschnappt sein und es wiederhaben wollen.

Petra hat ihr Fahrrad aber gar nicht verkauft, ihr Bruder hat es wieder geradegebogen, und das hat sie nur zwei Flaschen Cola gekostet.

An der Ossi-Wirtschaft war nichts mehr geradezubiegen, da war höchstens was rauszuholen. Dafür haben die Politiker und die Mitarbeiter der Treuhand schwer gearbeitet. Und deshalb verdanken uns die Ossis so ziemlich alles, was sie jetzt haben, basta!

Und jetzt bist du beleidigt, weil sie sich nicht bedanken?

Nicht beleidigt. Aber sieh dir doch mal an, wie die Ossis mit dem höchsten Gut der Demokratie umgehen, mit den freien Wahlen.

Wie denn? Bin ich ja echt gespannt.

Demokratie heißt vor allem, dass wir alle gemeinsam bestimmen, wer an der Regierung ist und was der macht.

Meinst du wirklich, der Kanzler lässt sich von dir reinreden?

Wenn er eine schlechte Politik macht, wird er eben das nächste Mal nicht mehr gewählt, sondern ein andrer.

Und wenn der andre noch schlechter ist? Sagst du nicht selbst, die Politiker sind alle Verbrecher?

Das hast du falsch verstanden. Im Osten konnte man jedenfalls überhaupt nicht zwischen mehreren Leuten wählen. Da musste man immer hingehen und für Honecker stimmen. Und wenn man nicht kam, wurde man geholt, und wenn man dann immer noch nicht wollte, kam man ins Gefängnis.

Und jetzt können sich die Leute aussuchen, über wen sie sich hinterher ärgern?

Aber nicht doch. Jede Partei hat ein Programm, und wen man am besten findet, den wählt man. Ein normaler Deutscher wählt eben SPD, CDU, FDP oder die Grünen. So war das jedenfalls, bevor die Ossis der Bundesrepublik beigetreten sind. Man sollte meinen, dass gerade die Ossis die Parteien wählen, die am meisten für sie getan haben. Aber anstatt dankbar zu sein, wählen sie die SED, die sich jetzt zur Tarnung PDS nennt.

Ich denke, man darf wählen, wen man will?

Das schon. Aber wenn du bei Claudias Kinderge-

burtstag bist, und die Mutter stellt Sahnebobons auf den Tisch und du nimmst dir gleich zwei Hände voll, dann darfst du das zwar, aber es wäre total unhöflich.

Kapiert. Wenn die Ossis PDS wählen, dann dürfen sie das zwar, aber es ist unhöflich ...

Wenn du neu im Sascha-Fanclub bist, dann hängst du doch auch nicht als erstes ein Poster von Take That auf.

Die sind doch beide mega-out, aber ich weiss was du meinst. Seit Onkel Paul bei der Polizei ist, schimpft er nicht mehr über die Bullenschweine.

Weil die Polizei nämlich unser Freund und Helfer ist. Und Onkel Paul ist endlich vernünftig geworden, im Gegensatz zu den Ossis. Die nutzen die freien Wahlen aus, um heimlich die PDS zu wählen, damit alles wieder so wird wie früher, mit Mauer und Stacheldraht und nichts zu essen, mit hässlichen Wohnungen.

Das glaub ich dir nicht. So dämlich ist doch keiner. Die wollen doch nur, dass die Reichen nicht noch reicher werden.

Machen die jetzt schon an eurer Schule Propaganda? Also stell dir mal vor, der Direktor würde

genauso viel verdienen wie der Fließbandarbeiter. Dann würde doch der Direktor lieber auch Fließbandarbeiter sein und den ganzen Tag nur lustlos am Fließband stehen.

Ich weiß nicht. Ich würde trotzdem lieber Direktorin sein.

Naja, zum Glück ist es ja bei uns noch nicht so weit. Bei uns wird hochqualifizierte, fleißige Arbeit, bei der auch was rauskommt, eben besser bezahlt, und darauf sind die Ossis neidisch. Deshalb sind sie undankbar und wählen heimlich ihre Leute.

Aber hast du nicht gesagt, es ist gerade das Schöne, dass man bei uns wählen kann, wen man will, und zwar heimlich?

Natürlich; aber stell dir mal vor, du besuchst deine Freundin Petra, die sich den Arm gebrochen hat, jeden Tag und bringst ihr Kekse mit. Und bei den Klassensprecherwahlen wählt sie nicht dich, sondern Anja.

Ich will ja gar nicht Klassensprecherin werden. Außerdem wäre es blöde, Petra nur deswegen die Kekse zu bringen, wo sie doch gar keine Kekse mag. Und schließlich ist Anja die einzige, die sich traut, den Mund aufzumachen.

Werde bloß nicht frech! Für solche Anspielungen bist du noch viel zu klein. Jedenfalls ist es von den Ossis eine Unverschämtheit, eine Ossi-Partei zu wählen. Dann brauchen sie sich nicht zu wundern, wenn unsere Geduld am Ende ist und sie keine Solidarbeiträge mehr kriegen.

Aber was ist denn an der PDS eigentlich so schlimm?

Na kuck dir deren Ziele an! Da siehst du die ganze Menschenverachtung und Unfreiheit des Kommunismus – zum Beispiel beim Autofahren. Ein mündiger Bürger ist auch ein verantwortungsvoller Autofahrer und weiß genau, wie schnell er fahren kann und wieviel er verträgt. Die PDS aber will uns diese Freiheit nehmen. Dann dürfen alle nur noch 50 auf der Autobahn und 20 in der Stadt fahren, und trinken dürfen sie auch nichts.
So rächt es sich, dass wir bei der Vereinigung Kompromisse machen mussten. Ohne die Ossis hätten wir längst keine Geschwindigkeitsbegrenzung mehr.
Außerdem: Wenn die PDS erst mal dran ist, schafft sie die Wahlen ab, und dann kriegt man sie nie wieder weg. Die SED war im Osten von Anfang an am Ruder und wäre noch dran, wenn wir die DDR nicht abgeschafft hätten. Nun aber stehen wir am

Anfang einer großartigen Zukunft für unser Vaterland, und wenn sich alle anstrengen ...

Sorry, Papa, aber jetzt bin ich so schlau wie vorher. Wenn also ein Ossi ein guter Demokrat sein will, was muss er da machen – außer nach Mallorca reisen, auf einen Teil seines Lohnes verzichten, gegen Tempolimit sein und CDU oder SPD wählen?

Das wäre ja immerhin schon etwas. Er kann zum Beispiel in eine dieser Parteien eintreten und allen Freunden, Nachbarn, Kollegen erklären, wie furchtbar die DDR war und wie schön sie es jetzt haben. Und dass jetzt Schluss mit Faulenzen ist und dass wir sparen müssen. Wenn er das gut macht, wählen sie ihn eines Tages in den Stadtrat und dann in den Bundestag. Und wenn er sich dann mit dem Bundeskanzler gut versteht ...

Mit Schröder etwa?

Mit dem Bundeskanzler eben. In einer Demokratie weiß man vorher nie, wer das gerade ist. Wenn er aber mit dem gut kann und ihn immer schön in Schutz nimmt, kann er eines Tages sein Nachfolger werden.

Als Ossi?

Klingt komisch, stimmt. Doch auch die Ossis sind lernfähig. Und wenn Peru einen Japaner als Staatschef hat, und Deutschland früher einen Österreicher als Führer, wieso soll dann nicht eines Tages auch ein Ossi Bundeskanzler werden? Ich sage doch: Es ist nicht wichtig, wo einer herkommt, sondern wie er sich entwickelt.

So gibt es zum Beispiel schon viele erfolgreiche Ost-Unternehmer und auch reichlich arbeitslose Wessis, geniale Ostwissenschaftler und steindumme Wessis, ja sogar spritzige Sachsen und dröge Rheinländer. Fleiß und Faulheit hängen eben nicht zwangsläufig mit der Herkunft zusammen. Ossis können sich genauso zum Positiven entwickeln wie Wessis zum Negativen. Und ein Ossi wie Lippi ist mir bedeutend lieber als ein Wessi wie Lafontaine.

Es wird schon werden mit den Ossis, und wenn sie auf uns hören, unsere Ratschläge befolgen und sich ein Beispiel an uns nehmen, dann wird man sie eines Tages kaum noch von Wessis unterscheiden können. Vielleicht noch nicht im nächsten Jahrhundert, aber irgendwann – da bin ich ganz sicher – werden wir ein einig Volk, ein einig Vaterland sein.

Das hast du aber schön gesagt, Papa. Ich bin echt

froh, dass du nichts gegen Ossis hast und ihnen gar nicht übel nimmst, dass sie dämlicher, fauler, prolohafter, ungebildeter und undemokratischer sind als wir. Mensch, wenn die Ossis nur wüssten, wie gut du es mit ihnen meinst.

Ich sagte doch, ich komme mit den Ossis prima klar. Und du wirst ja später nicht gerade einen heiraten wollen.

Ende

(Bitte beachten Sie nebenstehende Anzeige!)